warp

이상우

warp

워크룸 프레스

계단에 앉아 있는 사람들

그들은 공간처럼 나무를 보며 음악을 듣기도 했지만
과장되지는 않았다. 그들 기억에서의 나무를 바라보는 그들과
다르게 과장되지 않은 채 그들을 제외한 다른 이들의 장소에서
그들이 지워지길 원한다고 서로에게 고백했으며 편집숍 길목의
자판기 앞을 지나 보잉 항공기와 해변이 그려진 커다란 광고
패널 앞을 걸어가며 그들이 먼저 그들의 장소를 지우기 위해
공간에 속해 있는 것들로부터 구축되고 있는 장소를 걷어내려
그들을 감싸고 있는 기호를 하나하나 지워가는 방식으로
우선은 아무도 모르는 장소로 떠나가서 시작해보는 장면을
공과 같이 구의 형태로 떠올리는 그들은 바라보던 나무를
걸어가며 그들이 서로에게도 지워지기를 과장되지 않았다고
생각했다.

셴이 걸어가는 곳으로 바람 불어와 캔이 굴러다니는데
마작장의 뒷문 나와 주머니에 손 넣은 뒷모습으로 골목의
모퉁이 돌면 계곡이 나무에 둘러싸여 물소리 이어지며
흐르는 길 벽에 여름처럼 물 젖은 자국 따라가면 나무들 녹색
아래 물결은 마작 패 섞이는 소리들 벽 시멘트 회벽 냄새
돈 대신 맡긴 종 모를 개 빛 따라 쿵쿵거리며 간판 무너진
서점 올려다보는 야시장의 오토바이 사이로 흔들리며 등불
어지러운 어깨들 비껴 쏟아지는 골목 끝에서 몰래 피우던
담배 연기 쌓아놓은 책 위로 뛰어내린 외삼촌 종이 냄새 차
소리 너머 라디오 일기예보 귀 접었다 펴며 절뚝이는 개
계단 오르는 커피 배달부의 뒤를 따라 전봇대 앞에서 전단지
나눠주던 여자 쓰다듬어 종아리 긁는 테라스의 연인들 매미
울음 쨍쨍한 창문 비명 육교 위에 주저앉은 외눈박이 부랑자의

계단에 앉아 있는 사람들

캠코더로 도로에 납작하게 구겨진 비둘기 집에 가면 어머니가
거실 한가운데 목매달아 매달려 있을 것처럼 나뭇잎 속에서
유령들이 수음하는 연인들 무릎 아래 식탁보 흘러내리는 셴은
계곡을 걸어 구부러지는 숲을 들여다보며 공중목욕탕 벽에
그려진 후지산 눈 쌓인 신발 털어 행랑채 찾아 들어가는 아이와
아버지 담배 향 밴 사슴 시체 내려놓아 엽총 세워 불붙인 장작
냉탕에 누워 천장 물방울 맺힌 타일 무늬 자판기 부수며 도로
저편 불 꺼진 연등 거리 향해 달려가는 웃음 섞인 죄책감들
잠 못 드는 감은 눈으로 바라보던 사이렌 소리 빨갛고 파란
꿈속으로 회전하는 머리카락 붉은 벽돌 선풍기 고개 드는 이마
날아드는 분필 창밖 비 오는 운동장 옥상에서 주운 야구공
들고 책상 서랍에 넣어 굴리는 계곡의 물소리 별 모양 나뭇잎
사이 새어 나오는 공단 횡단보도 신호등 불빛 따라 건너 개는
정비사 손에 들린 기름통 핥으며 빵 부스러기 갈색 쥐들 쫓으며
공장 아이들에게 쫓겨나 폐업 공장 그늘 속 털 빠진 떠돌이들
노려보면 혀 내밀어 절뚝이며 사라지는 술 냄새 마루에 자빠진
아버지 파라솔 아래의 부모님 콜라병 젊은 연인 작은 손가락
손바닥 자국 갯벌 흐릿한 물빛 커튼 흔들거려 침대에서
차렵이불 밖으로 맨살 내밀어 나폴리탄 프라이팬 어떤 리듬
없는 음악은 사라지는 천장 속으로 혼자 버티는 옷걸이에 볼캡
쓰고 나와 와이드 팬츠 물감 말린 지폐 넣어 축축한 현관 하얀
거미줄 이어져 내려오는 숲은 옮기듯 방향을 흔드는 듯 여는
듯 문틈으로 개의 고개 먼저 나오며 화장한 경극단 배우들
다리 사이 빠져나와 플라스틱 간이 의자 앉아 있는 할머니
할아버지 발등에 코 박고 개장수 비린내 골목으로 쓰레기통
달려가 어둠 숨어 빛 털어내며 물방울들은 원피스 벗어놓은

warp

계곡을 지나가는 물장구 울음 같은 물결 멀어지던 오전 정류장
분수대처럼 넓어지게끔 넝쿨 풀잎 떠나가서 평영으로 보이지
않아 얇은 갈색 머리카락 젖은 채 흘러가버린 조약돌 내려놓고
셴은 고개 들어 어지러운 푸름 발목 차가운 귀뚜라미 몰려
걸어가는 패거리 전깃줄 아래서 말없이 행색으로 쏘다니는
무리는 모래를 발 끌어 노래처럼 일으키며 무리의 후렴 속으로
사라지는 무리 놓치는 개가 짖으려 낮게 미끄럼틀 자색 물들며
내려가던 기온 몸 털어 절뚝이던 영사기사는 그림자 그려놓은
벽 앞에 극장 실패한 붉은 복도 쥐 죽은 카펫 꼬마 아이 몰래
구멍 찾아 들어와 흑백 해변 무성으로 엎어지며 입을 벌려도
나타나지 소용되는 파도의 동작으로 부재는 기나긴 코트
수평선 걸음걸이 이젤 위의 하얀 종이 밖의 이명 겪으며 솜
터진 의자처럼 영사기사는 파묻혀 눈 감아 검은 새 울고 있는
꼬마 아이에게서 사라지며 구겨져 날아오는 신문지들에 얼굴
휩싸인 개가 고개 흔들어도 벗겨지지 않아 뒹굴어 지팡이
치이며 맹인은 엎드려 사과하듯 무릎 꿇어 다가오는 노을은
구인 광고 속 전화번호 상하이미술관 포스트카드 불합격
도장 손가락 집어넣어 이름을 개울 비친 흔들림 초상화를
나뭇잎 따라 그려 적어 호수로 이어지는 숲속 신발을 벗어
가라앉아 복숭아뼈 나뭇가지 얇게 베여오는 공중을 장소로
겪으며 맹인이 개의 헐떡임 속 고궁 흰 고운 마당 가로질러
달려 도착한 성외 어두운 선글라스 다시 일어나 지팡이
짚으며 손가락 사이로 흘러내리는 물을 셴은 바람에 넘어지는
물방울의 표면은 차오르다 지나가버리는 구름의 시선 들어서며
깊은 날벌레들 종소리 들려오는 하늘 마작 패 섞이듯 물속으로
무릎에 엉키는 공사장 철골 삐져나온 담배 터는 인부 몇 고공의

계단에 앉아 있는 사람들

그을린 일기장 모퉁이 넘겨보면 쇳가루 휘날려 마천루 희뿌연
새들을 공안에 끌려가는 학생을 바라보듯 절뚝여 따라가는
개 낙서 몰린 담벼락 과일 트럭 보드에 올라 발 굴러 아이들
스쳐가는 콘크리트 잔해 경마장 전광판 꺼진 걸어 나와 싸구려
관처럼 끌어 그림자 뒤돌아보면 길어진 흐름 비어 있는 벤치
아래 누운 광장 불소리 옥타브 높이 물속에서 곡선으로 옷 형태
넘치게 나타나며 사라지는 면의 폭으로 휘저어 브라운관 불빛
감긴 몸 치파오 입은 동방명주탑 유람선 손 흔드는 묽은 얼굴
떠내려가는 강 물결 흘러내리는 표정 씻어내지 못해 오팔색
광선 가득한 상공으로 빌딩 유리창 검은 세단 상복 입은 친구들
단추 풀며 떨어지는 천장 물방울 후지산 얕게 흩날리며 쌓인
눈길을 걸어가는 개를 안아 아이는 입김 불어넣어 하얗게
퍼지는 서한문 보증인 필체 흐린 태양 빛 멀리 투과해와 껍질
투명한 수면 적시며 무거운 이끼 헤엄침 암녹색 물고기 비늘
핥다 반짝임 잃어 버려진 바닥을 땅거미처럼 밀려 나가는 개가
골목에 들어서 마작장 붉은 벽돌 고함 소리 들려오는 창틀
같은 식칼 주방 그림자 맥주 캔 밟혀 잡초 더미 가래침 자국
일그러진 페인트 냄새 밀려나 조금씩 유속 좇아 검게 스며드는
밤 속으로 구름은 잘린 꼬리 세울 줄 모른 채 하나 남은 연등
깜빡이는 목발 헤매어 뒤틀린 그림자 끝에서 골목이 넓어지던
뒷모습으로 손 모아 죽은 물고기 안아 한 모금 비린 물웅덩이
지키는 금치산자 분쇄되어 나뭇잎 숲속 차가운 의자 어깨
얇은 고개 젖혀 젖은 새벽녘 통풍구 소리 푸른 닿을 수 없이
블라인드 틈새로 물결 반짝여 날카로운 골목의 고개 내밀어
깨진 유리창 어스름한 바람 익숙한 살내 물 내음 섞여 불어오는
곳으로 모퉁이 돌면 뒤돌아보는 악어

교수는 걸어가는 언청이를 본다. 걸음걸이였습니다. 옥상에
나무를 심는 사람을 본다. 아름다운 터널. 성벽은 길고 회색빛,
기대는 이 없이 기다리듯 바라보는 것으로 늘 현재에 조금씩
늦게 도착하는 감각이다. 검은 머리칼의 두 남녀가 외투
주머니에 손을 넣은 채 다가오며 말이 없어서 벽은 길어지며
발소리에 그들의 옷깃만이 뚜렷이 걸어오는 방향의 길가는
비워질 모양처럼 복잡했던 형태를 잃어가는데 옥상에는
나무만이, 체리 나무라는 종을 알고 있지만 왼쪽 손목에 시계
찬 교수에게서 나무가 심어진 옥상의 건물을 걸어 나오는
여인이 양산을 기울여 얼굴을 가린 채 헤매어 정원에서 구름
가득 휘어진 하늘을 바라보는 모습이 떠나간다. 방송국 로고
붙어 있는 카메라 든 털보는 교수가 서 있는 도로 건너편
정원의 환의 입은 노인을 향하고 있는데 노인을 줌인 해 환의의
패턴만을 담아내며 흰 복도를 공중에 걸린 팻말과 학생들의
움직임을 리포터가 새로 도배한 집 안 책장에서 보스턴백에
넣을 책들을 고민하는 동안 낮은 나체로 활보해 정원에 맴도는
리코더 소리 낮을 구부려 멀리 구체화되는 하늘 속으로
교수는 눈을 감아 사라지고 파라솔 아래 앉아 테이블보의
끄트머리를 접어보던 리포터 향해 아직까지 걸어오고 있는
검은 머리칼의 여자와 남자, 무늬가 겹쳐지며 옥상과 정원
리포터와 카메라맨, 어제 기도원을 지나면서 이사 트럭에서
내리는 점프슈트 입은 직원들이 박스를 어깨에 이고서 층마다
창이 난 계단을 올라 책들을 마음대로 꽂아놓았는데 반대편
건물 열린 창 안으로 탄산수병에 담긴 꽃이 보이고 이불 뒤집힌
침대 사람 없이 흔들리는 달력이 보이고 전기는 내일 들어올
거라 말해준 인부들이 사라지고 사람은 없고 배치된 가구들

13   계단에 앉아 있는 사람들

사이를 배회하며 책을 펼치곤 창턱 너머로 허리를 내어봐도
사람은 없고 종이를 넘겨나가면서 행갈이로 흘러오는 그늘
넓어지며 저녁이 되어 불 켜지지 않는 방 안에서 숨소리가
들리지 않아 촛불을 켜봐도 사람은 없고 화장실에 들어가 꽃
담긴 탄산수병을 들어 거울을 보니 테이블보 놓쳐 풀어지듯
날아가버리는 공간의 냄새를 좇을수록 기억나지 않는 시간.
카메라 내려놓으며 털보는 노인에게서 벗어나 노인이 정지시킨
정원을 믿는다. 외곽의 노인은 도로변으로 들어오는 리무진을
지연시킨 채 녹색 조경을 남겨두며 털보는 하나일 수 없는
신앙심 밖에 있다. 벽을 따라 바람 그림자 가로등, 패턴이
털보를 훑어갈 때 제외된 운동성처럼 걸어오고 있는 검은
머리칼의 여자와 남자는 말이 없어서 "죄라는 사실은 없고
벌이라는 거짓도" "우리만이 우리에게 행해지고" 리포터
맞은편 히잡을 두른 여인이 말을 잇기를 "신들에게는 무늬가
없습니다". 털보는 카메라로 정원을 줌인 해 정돈된 빛깔 풀잎
멀리 분수대 주변의 푸른 호, 공중에서 내려다보면 육각형인
정원의 가운데서 양산을 세워 접는 여인에게로, 여섯 활 이어진
런너를 잡아 내리면 무작위로 발생해 있는 구름, 미용실에서
거울을 들여다보며 뛰어내리려던 대교를 건너와 들어오게 된
미용실 의자에 앉아 염색약 분무기에 젖어드는 머리카락을
바라보면서 계피색 조명 소파에 다소곳이 앉은 누군가가 잡지
넘기면 파마약 냄새 슬쩍 열린 미닫이문 틈 목뒤 넘어가는
바람이 불어와 거울 속의 구부러진 머릿결 흔들리며 문밖으로
공기 뒤집히듯 벗겨져 선명해지는 자전거 차임벨 소리를
희망처럼 흘려 지나가는 행인은 꿈속 같아 꿈속의 행인들은
늘 저런 식으로 걸어 다니면서 어느 곳에서나 얼굴을 숨길 줄

알아서 숨기는 장소가 어딘지 알 수 없이 행인들은 부르는
일이 없고 넘어가는 중의 페이지같이 얇은 존재감을 서 있거나
다가오고 깜빡이는 방식으로 나타내면서 어쩌면 수치스럽지도
않은 채 여느 행위 또한 일어나지 않는 고향의 어두운 공터에
놓인 자신을 보이지 않는 창가에서 혹은 담장, 음향으로서
꿈의 옆모습이 되어 주시하고 있을지 모른다고 이리 조도 밝게
풀어진 꿈 밖에서 풀잎의 개수를 하나둘 셀 수 있을 만큼의
시력 너머에서도 행인들은 호출되고 있다 그들은 환함처럼,
네발로 도로를 건너가는 무늬 없는 고양이를 모두가 바라본다.
"예상하셨나요?" 리포터가 묻는다. "누구도 하나만을
예상하지 않습니다." "어디까지 예상하셨나요?" 어느덧 벽을
따라 검은 머리칼의 말 없는 여자와 남자는 걸어오고 있다
계속 일어나 옥상의 걸인이 나무 아래에서 보폭의 반경은
헝클어져 단숨에 그렇고 물탱크보다 커다란 체리 나무를
옥상에 어떻게 옮겨놓은 것처럼. 걸인은 나무를 기어올라간다.
손톱을 박으며 올라갈수록 올라갈 수 있는 나무는 체리
향기. 접시에 놓인 냄새와 같고 극장에 들어와 앉아 스크린을
올려다보는 관객들의 공평함과 같고 사과를 해보기 위해
다리를 걸어보는 이들의 절망과도 같다. 정확하지 않은
나뭇가지들이 정확하리라 믿는 사람들이 아래에 걸인은 옥상에
이토록 커다란 나무가 있다는 정황을 피곤해 언제나 나무들은
올려다봐야 하는 사람들을 아래로 더 아래로 올라갈수록
나뭇가지로 드러나는 나무의 구체적인 비문을 헤매지 않으며
뚜렷이 붙잡을수록 투명해지는데 비둘기들이 높은 곳에서
내려와 가지 사이를 통과해 모르는 곳으로 떠나갈 때 존재하지
못한 자연처럼 장소를 벗어나 옥상의 식물 밖으로 걸인은

계단에 앉아 있는 사람들

투신되고 양산을 접은 여인이 옥상을 올려다보니 체리 나무는
아름답다. 바닥에 달라붙은 피투성이를 너무 낮아 볼 수 없이
"나는 예상을 지속하고, 입습니다". 물들지 않는 회색빛 성벽을
따라 검은 머리칼의 여자와 남자는 말없이 걸어오고 환의를
입은 노인이 벤치에 앉아 두 무릎 사이에 손을 내려놓으며
학생이 되어 물 젖은 나무 바닥에 흡수되는 선생님의 구두
소리가 걸상 다리 적셔오면 작문 연습장을 꺼내 어제 깨달아낸
거짓말들을 칭찬받으리라 집 앞에 조그맣게 남은 포격 자국과
외다리 아버지에 대해 자리에서 일어나 낭독하는 모습을
상상하며 젊은 선생님은 어쩐지 고양이를 잃어버리게 될
사람처럼 교탁에 기대 고개 숙인 채 출석을 부르곤 짝꿍의
낭독을 들으며 고개를 끄덕이고 마당 구멍에 의족이 빠진
3인칭의 아버지에게는 고개를 저으며 과잉을 간파당한 것
같지는 않았는데 수업 종이 울리기까지 선생님이 방금 내보인
표정에 혼란스러웠는데 마치 지겹다는 듯 그것이 어떻게
병아리를 주워온 행복한 짝꿍의 것보다 혐오스러울 수 있는지
그때에는 선생님의 얼굴을 알지 못했습니다. 사건은 오만한
우연이었습니다. 노인은 절개 자국 남은 머리를 쓰다듬으며
신문 지면 속 흑백으로 행진하는 시위대 틈 선생님의 눈빛을
떠올리고 보이는 것을 보이는 대로 보게 되기까지 화창한
자국으로 남겨진 구름이 지나간 자리에게서 기시감을
잃어버리게 될 때까지 선생님의 얼굴은 무너진 수도원 같은
수수께끼로 일기조차 더 이상 쓰지 않았지만 선생님은 단지
선생님이라는 단어를 중얼거려보는 것만으로도 최루탄 터지는
겨울의 도시를 뒤따라 걸어가는 기분으로 공장에서 나와 굴뚝
위 잿빛 하늘을 바라보며 교통사고로 죽어야 했던 아이들의

warp

이유를 도무지 알 수 없이 모르겠는 풍경의 길이를 놓아버리자
선생님의 얼굴은 열리듯 나타나 교탁에서 정확함을 경멸하는
표정으로 맞춤법 ㄲㅡㅌ머리의 마침표 향해 고개를 저으며
불행이 작법되었다는 듯 "검은 머리칼의 여자와 남자를 따라
벽이 걸어오고 있습니다". 여인은 주름진 손으로 양산을 펼치며
매끈한 손으로 양산을 접으며 하나의 일로 겹쳐지는 구름들을
빛을 머금어 폭발하듯 어두운 구름이 하나가 되어 지나가는
곳으로 언청이였던 교수는 나타난다. 그것은 갑자기 현재 같다.

그들은 번갈아 욕실을 드나들며 머리를 매만진 후
테일러숍에서 코트와 드레스를 빌려 입고 몇 달 전 예매해둔
시향의 공연을 찾아가고는 했다. 라운지에서 코트를
돌려받으며 그들은 고풍스런 분위기에 취해 연주 중 매초마다
그들이 다른 사람이 되어가고 있음을 느낄 수 있었다고 넓고
깨끗한 대리석 광장에서 서로를 사진 찍지는 않았고 잠깐씩
눈을 맞추며 로열석의 인사들을 품평했고 빌린 옷차림으로
어느 레스토랑이나 호텔 카페테리아에 들어가는 대신 입김
속으로 불빛 섞이는 밤거리를 걷는 편을 택해 비스듬히
걸어 괜히 강아지를 좋아하거나 넘어지는 사람을 붙잡아
일으켜주기도 했다. 건물들 1층에 자리하고 있는 앤티크
가구점과 서점, 아틀리에를 돌아다니며 각진 버스의 배기 소음
사이로 옷깃을 세워 아직 눈이 내리지 않는 인파들을 헤쳐 다시
테일러숍으로 옷을 되돌려주고 돌아오는 길에는 어떤 길이랄지
불빛이 없는 어두운 장소에서 그들의 친구가 자전거를 타고
나타났는데 새까만 육체 속에서 자동차 헤드라이트가 그들의
정면으로 집중을 쏟아내는 앞에서였고 그들은 이런 것이

어둠이구나, 어쩌면 환하다 친구는 생각을 계속하면 아주
오래 그 일들이 정말로 일어난 것 같지 않아? 말하고는 그들의
생각 속으로 사라져버렸는데 그들이 물었다. 말이 돼? 그들이
대답했다. 말은 아무것도 아니야.

복도

그림이 걸려 있다. 알몸이
걸어가고 있다. 비가 내리는
것 같다. 그곳은 산속 같다.
그림의 끝이 보이지 않으나
조금의 빛이 흩어져 오고 있다.
아직 어둡고 춥다. 새들이
보인다. 눈은 여럿인데 한
마리일지도 모른다. 풀은
어지럽게 흐리다. 어둠만이
자세하다. 앞선 발자국이
보인다. 짐승의 모양인데
두 발이다. 이어지고 있다.
비가 내리는 것 같다. 점묘된
방향이 뒤틀려 있다. 걸어가고
있다. 세밀하게 단순해지는
어둠 속에서 자유롭다.
고개를 숙이고 울 수 있다.
몸을 터트리며 그럴 수 있고
한 발자국 밖으로 모르는
것들의 간격이 가까워 닿을
때마다 변화하는 어둠 속으로
늘어지고 있다. 보이지 않아
움직여도 보여질 수 없이
스스로 목을 졸라본들 그곳은

그림이 걸려 있다. 서 있는
사람들이 검은 표지 책을 읽고
있다. 그림의 끝이 보이지
않으나 행렬 아닌 무리는
이어지고 그들은 선교사 같다.
포목점이 늘어선 거리에서
그들은 각자 셋 이상은 모여
있지 않은 채 책을 들고
기도처럼 검은색 사제복 몇
무릎 꿇은 상인들 방향이
진행될수록 좌판은 사라지고
어둡게 커다란 유리창 나타나
빌딩 불빛들 날아다니며
헬리콥터 공중과 고가도로
경찰차의 황홀한 전조등
술잔 든 마천루의 인사들이
보인다. 톱날 부츠를 끌어
햄버거 가게 문 열고 나와
라이더 재킷을 입은 남자는
파란색 네온사인 간판 아래
벽에 기대 담뱃불 붙이며
사라진 헬리콥터 튀어나온
뾰족한 모서리 높은 마천루
올려다보며 누군가 떨어지는

계단에 앉아 있는 사람들

외부로 칠해진 침묵이고 여러
명은 걸어 나가고 있다. 새들의
시체가 즐비한 거리로는
뜯어진 새들의 배에서
흘러나온 파란 내장 밟으며
끈적이게 파래진 발바닥으로
낟말 같은 새들의 동그란 눈알
터트리며 새벽만큼 새파란
거리를 편지 읽듯 걸을수록
잊혀버리듯 말을 생각해내지
못해 방 안에서 파랗게 불타는
거리를 내려다보며 창문
밖으로 기다랗고 파란 혀를
빼내 거리에 닿게 늘어뜨려
행진하도록. 파란 살점 위를
개의 얼굴을 한 창기병들이
몸을 뒤뚱이며 내려오고 있다.
새 한 마리 날지 않는 불타는
거리 곳곳 숨어 반쯤 얼굴을
가린 인간들을 느닷없이
불어난 겸손함처럼 창기병들이
목을 자르거나 창끝을 인중에
찔러 넣어 휘저으며 얼굴이
형태를 잃을 때까지 튀어나온
영혼 따위들은 불길 속으로
떨어져 새로움 같은 개들의

모습 대신 아득히 올려다보는
시선을 길어지며 떨어지는
기분으로 빌딩들 매끈한
전면을 메운 유리에 비친
열기구는 터널을 빠져나와
전화박스로 들어간 이의
눈동자같이. 소화전 옆 수화기
들면 건너편 빌딩 창 안에서
구급차 내려다보는 사람의
말소리가 들려오지 않고 벤치
커피 잔을 쥐고 앉아 세 블록
다음의 도로를 건너려는
사람의 말소리에 비올라
가방을 멘 채 고개 숙여
돌계단을 내려가는 사람이
들리지 않게 헬리콥터는
날아가고 있다 제자리를
눈동자 속에서. 유리창
밖에서 입체는 푸른 조도
비집고 번져오는 인조 불빛
속으로 뛰어내리려는 춤추는
시선의 사람들, 그리고 클럽
골목의 줄 선 사람들 제논
램프 곡선으로 커브 도는
고가도로 운전자의 화려한
눈동자 속에서 회전하고 있는

얼굴은 표정을 알 수 없이
주인을 닮은 아이의 허리를
자르고 주인을 닮은 노인을
세로로 가르고 울고 있는
주인의 혀에 불을 붙여주며,
소리 없는 거리에 죽음이
없다. 방향 없이 걸어가는
거리 이후의 거리에는 원근이
흐르고 있는데 씻어내듯이
휘어지는 곳에서는 좁아져
팔랑거리며 거리가 거리를
지나가다가도 넓어지는
곳에서는 한 사람이 앉아
있어 이제 그 사람의 거리는
가까운 모두고 고개 들어보면
추락이 솟아오르는 공중에
앉아 아무도 없는 거리로부터
전방이 출렁이는데 색칠된
벽처럼 등장하는 누군가의
기척 품에서 움직일 수
없이 누군가의 살려달라는
중얼거림은 귓속으로
속삭이는 듯 보이지 않는
곳으로부터 머리를 베어대며
앉아 있는 사람의 가까이서
비명이 된다. 걸어갈 수 없는

프로펠러 명암법이 반복되는
헬리콥터가 선교사들의
눈동자 속에서 지나가는
여장 남자들이 견진성사
받듯 종이우산을 펼쳐 들어
그림은 색이 많다. 나무다리
위에 선교사는 책을 읽고
있는데 여장 남자들은 서로를
보며 웃거나 난간 멀리 눈
쌓인 탑들을 가리키면서
다리 건너가도 선교사가
책을 읽고 있는데 그 모습은
보다 더 커다란데 조그만
글자는 훔쳐 읽어볼 수 없는
고개 숙인 선교사의 표정
대낮 같은 색칠. 선교사 셋.
선교사 서른아홉을 제외하곤
비어 있는 길가의 전에 눈
쌓인 탑은 멈춰 있고 다시
나타난 유리창 밖으로 눈이
내린다. 검은 선교사들.
유리창 밖으로 눈이 내린다.
검은 표지들. 유리창 밖으로
눈이 내린다. 도시. 유리창
밖으로 눈이 내린다. 열기구.
유리창 밖으로 눈이 내린다.

계단에 앉아 있는 사람들

모든 것이 가까운 거리에
앉아 있는 사람은 멈춰
있는 모습으로 움직임을
겪으며 달려가고 부딪치고
기어가고 흐느끼고 늙고
실망하면서 얼굴 위에 올려둔
두 손 안에서 혼자 앉아 있는
표정에게로 가끔은 기쁨이
번져 올라 화사해 은은함을
품다가도 기척 없이 숨이
얇아질 때 베이고 찔리고
도려지고 꿰뚫리는 감정적
시해는 끝없이 이어져 원근을
한 방향으로만 휘어지게끔
휘어지는 곳을 파고들며
간격이 좁아지도록 나선이
세밀히 뒤틀린 거리 무수한
개수의 어둠으로 점묘된다.
춥다. 풀들이 자세해진다.
여전히 비가 내리고 있다는
의심은 멀리서 비쳐오는
빛들을 향해 걸어가고 있는
길이로 새들의 시선이 사라진
어두운 곳에서부터 걸을수록
밝아져오는 나무들 틈새
떨어지는 어둠. 밝은 들판이

헬리콥터. 유리창 밖으로 눈이
내린다. 고가도로. 유리창
밖으로 눈이 내린다. 옥상.
유리창 밖으로 눈이 내린다.
골목. 유리창 밖으로 눈이
내린다. 클럽. 유리창 밖으로
눈이 내린다. 조명. 유리창
밖으로 눈이 내린다. 춤.
유리창 밖으로 눈이 내린다.
얼굴. 유리창 밖으로 눈이
내린다. 치아. 유리창 밖으로
눈이 내린다. 구급차. 유리창
밖으로 눈이 내린다. 주름.
유리창 밖으로 눈이 내린다.
수화기. 유리창 밖으로 눈이
내린다. 하얗고 환하다.
유리창 밖으로 내리는 눈을
따라가면 그림의 거리에 사람
없이 눈이 쌓여 있어 추워
눈들이 자세해진다. 곳곳이
떨어져 있는 검은 표지의 책들
펼쳐졌으나 엎어져 읽어볼
수 없이 멀리 서 있는 하얀
옷 사람들 고개 숙여 손에 든
검은 표지 책을 읽으며 가까이
다가가도 글자 작아 훔쳐볼

warp

보인다. 금빛 어린 빗방울.
눈부신 들판에 비가 내리고
빛 젖어 묽어진 어둠 조금씩
벗겨나는 윤곽을 적시며
환하고 아름다운 들판으로
다가가면 경계에서 쏟아지고
있는 불공평한 참새들의
머리통.

수 없이 하얀 옷 사람들 각자
검은 표지 책 들고선 바닥에
떨어진 검은 표지 책 발로
짓이겨 몇 제대로 펼쳐진 채
떨어진 책을 향해 다가가면
붉은 문장 검열관에게 목 잘려
제자리 나뒹구는 선교사들의
머리통.

계단에 앉아 있는 사람들

© Boeing

1

Перейти к 배다리 была книга. Возьмите 16 автобуса из школы проехал по дороге 송도 и 능허대 пришлось пойти более на некоторое время. Перейти к 배다리 всегда дождь был таксист, старый человек, читая средней школе учебники под общим карнизом книжном магазине. Но теперь думаю о 배다리 특수반, который приходит на ум, это имя друзей. Улыбающиеся лица в 차이나타운 квартале

(Pereyti k baedali byla kniga. Voz'mite 16 avtobusa iz shkoly proyekhal po doroge songdo i neungheodae prishlos' poyti boleye na nekotoroye vremya. Pereyti k baedali vsegda dozhd' byl taksist, staryy chelovek, chitaya sredney shkole uchebniki pod obshchim karnizom knizhnom magazine. No teper' dumayu o baedali teugsuban, kotoryy prikhodit na um, eto imya druzey. Ulybayushchiyesya litsa v chainataun kvartale)

청량동 levde mest nyrike. Så det var ikke komfyr
Ved å skrive inn hjemme hos venner, det var en
lysstyrke som gjennomsyre beriker rommet. Hvis
du går til en restaurant med familien min var
i stand til å møte kjole av venner og foreldre de
lange ferie , ble etterlatt i et fremmed land om bord
i et fly fra Incheon 인천공항. På regnværsdager, er
ute med en fotball i én person, etter spark ballen
foran 금호아파트 for å komme tilbake til huset,
bør det vaskes med varmt vann. Dette er fordi
jeg var redd for å gå ut for mye så det var ingen
investeringsselskaper selvmord fra tid.

꼭대기서부터 바삭하게 구워진 둘레를 타고 흘러내리는 팬케이크가

나오자 그는 경비모를 벗고선 살며시 머리를 쓸어 넘겼다. 정확하게、

나는 1초 동안 트빌리시에 앉아 있었었다. 포격에 모퉁이 무너진 건물

아래 그을린 풀밭의 냄새가 나를 발생시켰다. 나는 다시 백열전구가

깜빡이는 스낵바에 앉아、접시 면으로 시럽이 고이는 팬케이크 향해

고개 떨구며 졸고 있는 그에게、사람들 앞에서 우는 사람들이 부럽지

않나요。경비모를 벗은 새까만 머리카락의 그를 남겨두고 나와 빈

거리가 하나의 날씨로 포괄하고 있는 수십 가지의 바람을 등졌다.

망명자들의 술집 앞에서 말이라기보다는 소리에 가까운 음성들이 쇠문

틈으로 새어 나오는 곳으로 들어가려 했으나 그러지 않아 외로웠다.

번역 못 할 악몽에서나 오열할 수 있을 것 같은 내가 수치스러웠다.

바이올린 들려오는 곳에서 걸어 나올 망명자는 잠에서 깨어난 듯

그늘진 눈동자로 문을 나서면서 종료돼버린 울음을 기억해내기 위해

유성같이 쏟아졌던 불행들에 젖어가며 걸어갈 텐데 문은 열리지 않았고

나는 이미 그렇게 걷고 있었었다. 건물들로부터 떨어지는 수직선과

보도가 그려내는 수평선의 조화가 현대적으로 느껴지게끔 몇 없는

심야 상영관에서 우편배달부를 만났다. 나는 맨 앞 좌석에 혼자 앉아 있었는데 주인공이 잠에 들 때 비상구 불빛 아래서 나타난 우편배달부는 내게 편지를 건네주곤 녹색 불빛이 닿지 않는 어둠 속으로 사라졌다. 선교사 묘원에 들르니 경비원이 겨울나무 앞에 서서, 얇은 나뭇가지들을 올려다보며 중얼거리고 있었다. 우리는 동행해 묘원에서 자생한 모양의 비석들을 둘러보았는데 도무지 조금도 알아들을 수 없는 중얼거림은 멈추지 않았고, 비어 있는 경비 초소를 지나 함께 낮은 언덕을 내려오며 보이지 않는 호각 소리를 찾아 두리번거렸다. 우리는 아직 네온사인 켜진 스낵바에 들러 웨이트리스가 유일하게 먹을 만하다고 추천한 팬케이크를 주문했다. 나는 커피포트를 들어 그가 손전등 대신 두 손으로 감싸 쥔 하얀 플라스틱 잔에 커피를 따라주면서 왜인지 저보다 작은 사람들을 보면 너무나 무서워서 도망가고 싶어져요, 라고 말했다. 그러고는, 가끔 제가 아닌 다른 사람들이 목소리를 내 말을 할 때면 신비해서 밤새 잠들 수가 없어요, 라는 말까지 했다. 내가 꺼낸 말들은 모두 사실이었지만 그렇다고 정말 사실 같지는 않았다. 사과 향 시럽이 속삭인 병명 같은 단어 따위를 포함해 이제는 나에게 아무런 감상도 불러일으키지 못했다. 단지 나는 다음 날 길 건너편 집의 창살문이 열리는 모습을 보았고 폭스바겐에 뿌려지는 호스 물의 무지개를 보았고 과자 봉지를 들고 길을 걸어가는 남자아이를 보았고 계단에 걸터앉아 희곡을 읽는 연인을 보았고 3층 창 안에서 바이올린을 켜는 여자아이를 보았고 펄럭이는 이불에서 흘러오는 물 내음과 전화기든 노인의 숨소리를, 거리에 멈춰 서서 누군가에게 말을 건네는 상상을 하는 남자의 상상 속 목소리를 들었고 스낵바에 들어가니 경비원이 모자를 벗고 앉아 무언가를 적고 있었다. 시럽이 스며들어 팬케이크가 눅눅했고 중얼거리며 네모난 종이에 수식(數式)을 끝없이 중얼거림처럼 적고 있는 경비원의 양손 가득한 화상 자국을 보고 있을 때, 웨이트리스가 내게 고개 숙여 말해줬다. 내일이 지나갔어. 거리에 사람이 없다. 그러나 모자를 쓰거나 책을 펼치거나 가로등에 어깨를 기대는 소리는 들려왔다. 나의 모든 미래 같았다. 야구공을 주웠다. 공터. 쓰레기장. 육교. 놀이터. 여관. 방직공장. 약도를 따라 걸으며 아무도 없는 길에서 휘어지는 그림자들을 지나며 하늘을

32   warp

가로등 불빛이 선명하게 조성해내는 공간 속에서 나는 남의 집으로 돌아가고 싶었고 남의 집에서 눈 감아 잠들고 싶었지만 갈 곳이 없었다. 어찌 된 이유인지 갈색 날개 포개어진 참새 한 마리의 시체가 지붕 위에 떨어져 있는 전화박스에 기대 편지의 봉인을 뜯어 보니, 약도가 그려진 초대장이 들어 있었다. 하수구에서 묘원 경비원의 중얼거림이 들려왔지만 무릎 꿇어 들여다보아도 그를 찾을 수 없었다.

다음 날 다시 스낵바에 들렀다. 전날에 본 웨이트리스는 메뉴에서 먹을 만한 음식은 팬케이크뿐이라고, 나는 전날처럼 플라스틱 잔에 뜨거운 커피를 따랐는데 천장에서 잔 속으로 떨어진 바퀴벌레가 요동치며 날갯짓마다 검은 액체가 잔 밖으로 튀어 올랐다. 그다음 날은 병 없이 백화점 같은 병원에 다녀왔다. 손님처럼 걸어 다니는 환자와 면회인들 사이로 성탄절 같은 밝음이 있었다. 옥상정원의 벤치에 앉아 한 방향으로 움직이는 구름을 지켜보면 구름이 지나간 자리로 내려오는 햇빛이 얇고 기다란 태의 손길처럼, 미려한 손동작의 환영은 구름에 가려 사라지면서 오히려 눈을 감으니 다시 한 번 더 볼 수 있었는데 그런 일들은 죄책감이라든지 속죄라든지 언젠가 내가 별수 없이 강은 사라져 있었다. 예상하면 예상했던 일은 사라진다고, 특히나 희망은 희망하는 순간에 어딘가에서 미리 희망했던 순간을 모조리 겪게 되기 때문에 결코 일어나지 않게 되며 반대로 부디 일어나지 않길 빌어보는 불행은 기도하는 순간 아주 뚜렷이 피할 수 없을 미래에 존재해버린다고 고백하고 싶었지만 그러지 못했던 강 없는 강가를 걸어가며 내가 몇 살인지 세어볼 수 없었다. 언제부터였는지 도로에는 사람의 그림자들이 사람 없이 세로로 나타나 흔들리면서 그들의 모든 방향을 내가 닿지 못한 영역에 쏟아내버리곤 사라졌다. 자개 장식으로 빛나는 초록색 문 앞에 도착했다 아무도 없는 거리를 왜 누군가 있다는 듯이 바라보는지 모를 나를 나는. 초록색 문을 열고 들어가자 거실에 모여 앉아 있는 나의 오랜 친구들의 뒷모습이, 다들 모여 있었구나, 난로 앞에 모여 분명한 따뜻함, 주머니에서 손수건을 꺼내는 친구들은 가운데 앉아 있는 이의 어깨를 감싸주거나 턱에 손을 괴고 집중해주며 함께 울어주고 있는데, 그곳에는 내가 앉아 울고 있었다. 나는 문을 닫고 다시 거리로 나왔다. 아무도 없는 거리에 누군지 믿을 수 없는 내가 남겨져 있었다.

올려다보지 않았지만 길을 물어볼 사람이 없어 건물을 살펴야 할 때면 빈 간판 주위로 흩어진 공중을 순식간에 가까워 땅을 딛고 있음에도 공중에 남겨지는 기분이 들어 비가 내리는 것 같았다. 걸으면서 비가 내리고 있음을 알았다. 비가 내리던 길을 지나기 전부터 알고 있었다. 우산 없는 새벽 네 시에 젖으면서 조금도 울지 못했던 길을 비가 내리지 않는 기억으로 지나자 넝쿨 섞여 이어지는 낮은 담장 너머 번개 치면 백작처럼 어둠 속 고고한 아파트가 보이지 않았다. 낮빛 하얗던 우편배달부의 얼굴은 기억해내려 할수록 하얘지고 저 멀리 멀어지는 비행기 불빛을 지켜보며 그날 본 영화 주인공의 얼굴 또한 흰 커튼 있는 환한 호텔 방 목제 의자 차가운 커피 잔 앞에 슈트 차림으로 앉아 고개 숙여 잠든 뒷모습이 아무도 없는 거리처럼 종이에 그려진 약도와 꼭 닮아 어쩌면 비가 내리는 곳은 현재고 나는 그곳을 걷고 있지 않을지도 모른다는 망상, 정확히는 이미지의 미래 혹은 현재를 돌려받을 수 있다는 확신으로 걸음을 빨리했다. 빗소리는 소리의 과거를 걸으면서 약도를 따라 초대받은 장소에 도착하면 아니지만 무언가 쏟아지는 소리가 들려왔는데 강이 흐르던 곳에서

$y \notin \{x\}$ $\forall H \in C_x : y \in H$ $H \in C_x$ $y \in \complement S(H) = V$ $V = \complement S(H) \in \tau$

$U \sqsubseteq H$ $U \cap V = \varnothing$ $\exists U, V \in \tau : x \in U, y \in V : U \cap V = \varnothing$ $\forall x, y \in S, x \neq y : \exists U, V \in \tau : x \in U, y \in V : U \cap V = \varnothing$ $T = (S, \tau)$

$\forall x, y \in S, x \neq y : \exists U, V \in \tau : x \in U, y \in V : U \cap V = \varnothing$ $x, y \in S : x \neq y$ $\forall x, y \in S, x \neq y : \exists Nx, Ny \sqsubseteq S, \forall x : x \sqsubseteq Nx, y \sqsubseteq Ny : Nx \cap Ny = \varnothing$ $T = (S, \tau)$

$V \sqsubseteq Ny : Nx \cap Ny = \varnothing$

$T = (S, \tau)$

$\forall x, y \in S, x \neq y : \exists Nx, Ny \sqsubseteq S, \forall x : x \sqsubseteq Nx, y \sqsubseteq Ny : Nx \cap Ny = \varnothing$

$x, y \in S : x \neq y$

$\exists U, V \in \tau : x \sqsubseteq Nx, y \sqsubseteq Ny : Nx \cap Ny = \varnothing$

$\exists z \in S : z \in U \cap V$

$\exists z \in S : z \in U \cap V$

$z \in U, z \in V$

$z \in U \wedge z \in V$

$z \in Nx$

$\wedge z \in Ny$

$z \in Nx \cap Ny$

$U \cap V = \varnothing$ $T = (S, \tau)$

$U \in \tau$

$\forall x, y \in S, x \neq y : \exists U, V \in \tau : x \in U, y \in V : U \cap V = \varnothing$

$\Phi \dashv \vdash P \psi$

$f \updownarrow (F, F) = T$

$\forall x,y\in S, x\neq y:\exists U,\forall\tau:x\in U, y\in V:U\cap V=\emptyset x,y\in SU, V\in\tau\ \forall x,y\in S, x\neq y:\exists Nx,Ny\in S:\ldots$

$\forall Nx,Ny\sqsubseteq S$

$V\cup Nx\cap Ny=\emptyset$

$x,y\in S\quad Nx,Ny\sqsubseteq S$

$\forall x,y\in S, x\neq y:\exists U,\forall\tau:x\in U, y\in V:U\cap V=\emptyset$

$x,y\in S:x\neq y, Cx=\exists U,\forall\tau:x\in U, y\in V:U\cap V=\emptyset$

$x,y\in S:x\neq y, Cx=\{H:CS(H)\in\tau,\exists U\in\tau:x\in U\sqsubseteq H\}$

$CS(H)$

$\cap Cx=\{x\}$

$y\neq x\quad y\notin\cap Cx$

$c=\cap Cx\quad\{x\}\sqsubseteq Cx$

$\exists U,\forall\tau:x\in U, y\in V:U\cap V=\emptyset$

$x\in U$

$x\notin V\quad x\in CS(V)$

$x\in U\sqsubseteq CS(V)$

$CS(V)\quad CS(V)\in Cx$

$y\in V$

$y\notin CS(V)\quad CS(V)$

$y\notin\cap Cx\quad\forall y\in S, y\neq x:\exists H:CS(H)\in\tau:y\notin H\quad Cx\sqsubseteq\{x\}$

$\forall x\in S:\{x\}=\cap\{H:CS(H)\in\tau:x\in U\sqsubseteq H\}\quad T=(S,\tau)$

$x,y\in S:x\neq y\quad Cx=\{H:CS(H)\in\tau,\exists U\in\tau:x\in U\sqsubseteq H\}$

$CS(H)\quad\{x\}=\cap\{H:CS(H)\in\tau,\exists U\in\tau:x\in U\sqsubseteq H\}$

폭력성 씻어내기 두려움을 찾는 진화 고요함을 위해 그리스 유럽 좌파 선거

인간을 단정 지어서는 안 된다

노력은 신앙에 가깝다

구름이 움직인다 구름을 지켜보고 어느 순간에는 다 괜찮은 것 같다

사라짐을 믿을 수 있는 게 없다

익숙해져야 한다 익숙해져야 한다

어떤 영광들

착각 현기증

외부에 기대선 안 된다

희망

고양이 시체

언젠간 끝난다

하늘 억새

탐닉

콘셉트적인

물 안에서 보는 햇빛 구축

사람들에게 실망하게 될 거야

인간으로 산재해 있는 불길함들

늙어서 돌아온 친구

슬픔을 빼앗겼네

보일러

인지

꿈에서 다 말하고는 한다

동경

고전주의자들은 가끔 방공호에 들어가 있는 것처럼 보인다

불가능하게 사는 것 같다

내일이면 또 아무 뉴스도 없을 것이다

혼자가 아닌 이들이나 혼자 여행하는 순간에만 혼자니까

역사와 비교

꿈의 화질 공명

원시 과잉 두 개의 얼굴 사실을 전체의 사실이라 생각하면 안 된다 주말 동물원

오열

다수로 존재한다

단숨에 그럴 수는 없다

행복한 사람이 쓴 책

용서해주세요

좋은 냄새가 나는데 기억이 안 난다

불가능 속에서의 가능의 연속

호소력 파괴

두려움은 두 가지 효과를 낳는다

식물 부동성

해피엔딩

$y \notin \{x\}$ ~~∀H∈Cx:y∈H~~ $H \in Cx$ $y \in \complement S(H) = V$ $V = \complement S(H) \in \tau$

$U \subseteq H$ $U \cap V = \emptyset$ ~~∃U,V∈τ:x∈U,y∈V:U∩V=∅~~ $\forall x,y \in S, x \neq y:\exists U,V\in\tau:x\in U,y\in V:U\cap V=\emptyset$ $T=(S,\tau)$

~~∀x,y∈S,x≠y:∃U,V∈τ:x∈U,y∈V:U∩V=∅ x≠y:∃Nx,Ny⊆S:U,V∈τ:x∈U⊆Nx,y∈V⊆Ny V⊆V~~

$\forall x,y \in S, x \neq y:\exists U,V\in\tau:x\in U,y\in V:U\cap V=\emptyset$ $\complement Ny:Nx\cup Ny\subseteq V$

$T=(S,\tau)$

$\forall x,y\in S, x\neq y:\exists Nx,Ny\subseteq S:U,V\in\tau:x\in U\subseteq Nx,y\in V\subseteq Ny:Nx\cap Ny=\emptyset$

$x,y\in S:x\neq y$

$\exists U,V\in\tau:x\in U\subseteq Nx,y\in V\subseteq Ny:Nx\cap Ny=\emptyset$

~~∃z∈S:z∈U∩V~~

~~∃z∈S:z∈U∩V~~

$z\in U,z\in V$

~~z∈Nx∧z∈V~~

~~z∈U∧z∈V~~

$z\in Nx$

~~Nx≠Ny~~

~~z∈Nx∩Ny~~

$U\cap V=\emptyset$ $T=(S,\tau)$

$U\in\tau$

$\forall x,y\in S, x\neq y:\exists U,V\in\tau:x\in U,y\in V:U\cap V=\emptyset$

$\phi \dashv P\psi$

$f\uparrow(F,F)=T$

$\forall x,y \in S, x \neq y : \exists U, V \in \tau : x \in U, y \in V : U \cap V = \emptyset$

$V \subseteq N_y : N_x \cap N_y = \emptyset$

$x,y \in S : N_x, N_y \subseteq S$

$\forall x,y \in S, x \neq y : \exists U, V \in \tau : x \in U, y \in V : U \cap V = \emptyset$

$x,y \in S : x \neq y : C_x = \{H : CS(H) \in \tau, \exists U \in \tau : x \in U \subseteq H\}$

$CS(H)$

$\cap C_x = \{x\}$

$y \neq x : y \notin \cap C_x$

$\in = \cap C_x : \{x\} \subseteq \in C_x$

$\exists U, \forall \in \tau : x \in U, y \in V : U \cap V = \emptyset$

$x \in U$

$x \notin V : x \in CS(V)$

$x \in U \subseteq CS(V)$

$CS(V) \quad CS(V) \in C_x$

$y \in V$

$y \notin CS(V) \quad CS(V)$

$\forall x \in S : \{x\} = \cap \{H : CS(H) \in \tau, \exists U \in \tau : x \in U \subseteq H\} \quad T = (S, \tau)$

$x,y \in S : x \neq y \quad C_x = \{H : CS(H) \in \tau, \exists U \in \tau : x \in U \subseteq H\}$

$CS(H) \quad \{x\} = \cap \{H : CS(H) \in \tau, \exists U \in \tau : x \in U \subseteq H\}$

그들은 강물에 비치는 도시를 보았다. 국립미술관에 가려던 그들은 기동대가 설치해놓은 차벽에 막혀 광장을 헤매다 시위대와 뒤섞였고 서서히 울려 퍼지는 노동가를 함께 부르며 전진했다. 필리프 가렐과 아누아르 브라엠을 떠올리며 그들이 태어난 시기상 영원히 놓쳐버린 혁명을 재현하듯이 누구도 두 손에 무기로 보일 물건을 들고 있지 않았기에 또래로 보이는 경찰들에게 인사를 건네며 옷매무새를 흩트린 채 한참을 걷던 그들은 배가 고파지자 근처의 네팔 음식점으로 향했는데 테이블 위에 그들을 위한 냅킨이 깔리고 나서 침묵은 이상할 정도로 자연스럽게 일어난다 항상. 그들은 냅킨을 펼치며 처음에는 포크를 어느 방향에 둘지 또는 가게 벽면에 그려진 가네샤에 대해 생각하다 이내 상대의 기분과는 무관히 각자의 슬픔에 골몰했고 샐러드 담긴 접시가 그들 사이에 놓였을 때 그들은 서로를 놀랍도록 질투하고 있었는데 본인의 슬픔을 알아보지 못한다는 경멸에서 시작된 감정은 개인의 논리를 모조리 이용해 확장되어 자신보다 슬프지 않을 것이 분명한 상대의 일거수일투족에 대한 질투로 탈바꿈되었다 그들 스스로도 눈치채지 못할 정도의 짧은 순간 튀겨진 게가 잠긴 카레가 나올 때까지만. 그들은 카레를 서로의 접시에 덜어주며 다시 웃었고 해리슨 버트위슬과 황병기의 유사성에 대해 그리고 뉴레프트리뷰에 실린 톰 파팟과 글레프 파블롭스키의 인터뷰에 대해 이야기하며 행복해했는데 그런 순간의 미래가 다른 순간보다 더 길게 느껴지게끔 그들은 서로의 사고를 인내하며 마주 웃어 식사가 끝날 때쯤 번갈아 간 화장실의 거울 속에서 콧노래를 부르다가는 잠시 아무 의미도 없이 투명한 물이 휘몰려 빨려 나가는 세면대의 수챗구멍을 지켜봤다. 식당 계단을 내려와 최루액 플라스틱 섞인 하얀 액체 가득 흐르는 거리로 나온 그들은 구급차에 실려 가는 사람들과 무릎 꿇어 우는 사람들 앞에서 주머니의 손을 빼내 그들이 놓치고 있던 것과 손잡으려다 차벽 위에 설치된 물대포가 쏟아지자 어느 날 사라진 타워처럼 그 순간과 헤어졌다.

거리는 방위보다는 허드슨 강과 평행을 이루게 설계되어 있으므로, 정확하게 동서로 진행되지 않는다. 서쪽은 실제 서쪽보다는 약 29도가량 북쪽에 있다. 번호가 붙은 거리는 도시를 가로지르는 도로이다. 보통, 짝수는 동쪽 일방통행이고, 홀수 거리는 서쪽으로 일방통행이다. 여기에는 여러 예외들이 존재한다. 대부분의 넓은 도로는 쌍방 통행이며, 몇몇의 좁은 도로도 마찬가지이다. 예를 들어, 8번가 아래는 브로드웨이에서는 동 10번가에서 서 10번가처럼 거리의 이름은 동쪽에서 서쪽으로 붙여졌으며, 위로는 15번가에서 8번가에서 그 이상이다. 비록 번호가 붙여진 거리는 이스트 빌리지에 있는 동 하우스턴 가의 북쪽에서 바로 시작하지만, 그것은 일반적으로 그리니치 빌리지로 서쪽으로 진행하지 않으며, 격자무늬 설계가 1811년 커미셔너 플랜에 의해 설계될 때, 그것들은 이미 거리를 가지고 있었다. 서쪽으로 계속된 거리는 허드슨 강에 도달하기 직전에 방향을 바꾼다. 격자는 14번가 북쪽에서부터 섬의 길이를 커버하고 있다. 13번가 거리는 방향의 변경 없이 최남단의 번호가 붙은 거리로 맨해튼 전체 길이로 확장되어 있지만, 잭슨 스퀘어 공원에 의해 가로 막혀 있다. 220번가가 맨해튼 섬에서 붙은 번호 중 가장 높은 숫자이다. 마블 힐 또한 맨해튼 자치구 내에 속한다.

계단에 앉아 있는 사람들

따라서, 이 자치구에서 가장 높은 거리 번호는 228번가이다. 그러나 이 번호가 브롱크스까지 계속되어서 263번가까지 계속된다. 가장 작은 번호는 동 1번가이며, 이스트 하우스턴 가 근처의 알파벳 시티까지 뻗어 있을 뿐만 아니라 배터리 파크 시티의 퍼스트 플레이스까지도 진행되어 있다. 동 1번가는 이스트 하우스턴 가 북쪽의 애비뉴 A 지점에서 시작하여, 바우어리까지 계속된다. 페레츠 스퀘어는 작은 삼각형 공원에서 하우스턴 가와 1번가와 1번가가 교차하면서 생긴 틈새에 있다. 동 2번가, 5번가와 7번가의 동쪽은 애비뉴 D이지만, 동 1번가의 동쪽은 상술한 바와 같이 애비뉴 A이며, 동 6번가의 동쪽은 FDR 드라이브에 연결되어 있다. 1, 2, 5, 6, 7번가의 서쪽은 바우어리 / 3번가 하지만 3번가(전 Amity Place)는 6번가까지, 4번가는 웨스트 스트리트까지 각각 서쪽과 북쪽으로 그리니치 빌리지까지 뻗어 있다. 그레이트 존스 가는 동 3번가와 서 3번가에 연결되어 있다. 동 5번가는 세 가지로 나뉘어져 있다. 첫째, 애비뉴 D에서 애비뉴 C, 두 번째가 애비뉴 B에서 애비뉴 A, 그리고 셋째가 1번가에서 쿠퍼 스퀘어의 구간이다. 동쪽 6번가는 1번가와 2번가 사이에 많은 인도 레스토랑이 위치하고 있으며, 카레 로우(Curry Row)라고 불리고 있다.

거리의 길이

거리	시작	끝	길이
1번가	애비뉴 A / 동 하우스턴 가	바우어리	0.6km / 0.4m
2번가	애비뉴 D / 동 하우스턴 가	바우어리	1.3km / 0.8m

3번가 애비뉴 D	바우어리	1.3km / 0.8m
4번가 애비뉴 D	서 13번가	3.1km / 2.0m
5번가 애비뉴 D	쿠퍼 스퀘어 / 3번가	1km / 0.6m
6번가 FDR 드라이브	쿠퍼 스퀘어 / 3번가	1.5km / 0.9m
7번가 애비뉴 D	3번가	1.3km / 0.8m

8번가와 9번가는 서로 평행하게 달리고 있어 애비뉴 D에서
시작한다. 애비뉴 B 지점의 톰킨스 스퀘어 공원에 의해 길이
나눠지고, 애비뉴 A부터 다시 길이 시작하여 6번가까지
계속된다. 서 8번가 지역은 사람들에게 중요한 쇼핑 지역이다.
애비뉴 A와 3번가 사이의 8번가는 세인트 마크 플레이스라고
하지만 아래 표에 이름이 바뀐 부분의 길이도 포함되어 있다.
M8 버스 노선은 애비뉴 A와 6번가 사이의 동 8번가에서
서쪽으로 9번가까지 운행하고 있다. 10번가는 프랭클린 D.
루즈벨트 이스트 리버 드라이브(줄여서, FDR 드라이브)에서
시작하여 11번가와 12번가는 애비뉴 C에서 시작한다. 6번가
서쪽에서는 그 길은 약 40도 남쪽으로 돌아 그리니치 빌리지의
부지 거리로 연결되고, 허드슨 강에 접한 웨스트 가까지
계속된다. 웨스트 4번가는 6번가에서 북쪽으로 꺾어지기
때문에 이 거리는 10번가, 11번가, 12번가와 13번가와
웨스트 빌리지에서 교차한다. M8 버스는 애비뉴 D와 애비뉴
A 사이에서 10번가를 양방향으로 운행하고 있다. 그리고
웨스트 스트리트와 6번가 사이가 동쪽에 있다. 10번가 웨스트
스트리트에서 이스트 강까지의 구간에는 동쪽으로 가는
자전거 레인이 있다. 2009년 10번가 애비뉴 A에서 이스트
강 사이의 양방향 부분이 자전거 마크와 자동차 자전거 공용

계단에 앉아 있는 사람들

도로 표지가 설치되었지만, 아직 자전거 전용 차선은 되어 있지 않다. 웨스트 10번가는 한때 Richard Amos의 이름을 따서 아모스 가라고 했다. 13번가는 세 부분으로 나눠져 있다. 첫째, 애비뉴 C에서의 막다른 골목에서 두 번째 막다른 골목에서 애비뉴 B 직전까지 그리고 그리니치 애비뉴를 달리는 것과 그리고 세 번째는 8번가에서 10번가 사이이다. 14번가는 맨하탄의 숫자 이름 그대로의 메인 스트리트 중 하나이다. 그것은 애비뉴 C에서 시작하여, 웨스트 스트리트에서 끝난다. 길이는 3.4km이며, 그 거리에 지하철역이 6개 있다. 15번가는 FDR 드라이브에서 시작, 16번가는 FDR 드라이브와 애비뉴 C 사이의 중간 막다른 골목에서 시작한다. 그들은 모두 애비뉴 C로 가로 막힌 후, 1 애비뉴에서 웨스트 스트리트까지 이어지다가 유니온 스퀘어에서 다시 중단된다. 16번가도 스터이베슨트 스퀘어에서 또한 중단된다. 17번가, 18번가와 19번가의 세 가지는 모두 1 애비뉴에서 시작하여 11 애비뉴에서 끝난다. 18번가는 하나의 지하철 로컬 역 18번가가 있다. 이것은 IRT 브로드웨이-7 애비뉴 선(12 트레인) 서비스이다. 한때 파크 애비뉴 사우스 교차로에 IRT 렉싱턴 애비뉴 선에 18번가 역이 존재했다. 19번가는 10 애비뉴에서 11 애비뉴 사이의 부분에서는 진행 방향이 다르다.*

너는 화장실에 서서 책을 읽는다. 너는 너보다 나이 많았던 사람들을 떠올리며 네가 아직 어린 것 같다. 너는 그렇지

* https://ko.wikipedia.org/wiki/%EB%A7%A8%ED%95%B4%ED%8A%BC_%EA%B1%B0%EB%A6%AC_%EB%AA%A9%EB%A1%9D

않다는 것을 오래전부터 알려고 한다. 너는 너의 생일날
밤 시민공원을 걸었던 일을 떠올린다. 겨울비가 내렸는데
공원을 걷는 일 말고는 할 수 있는 일이 없어서 공원을 걸으며
검은 나무들 하얘지는 책을 화장실에 서서 읽는다 타일 위를
젖은 부두처럼 서서 바다로 나아가는 구명보트를 너는 서
있으며 아직도 너를 생각한다 조그만 화장실을 거닐면서 너를
떠올리는 너의 비는 네가 기억하는 빗속에서 변화하며 빗방울
수만큼 너의 명암이 세밀하게 바뀌는데 아파트 주차장에서
축구공을 차는 너는 상대방이 없었고 차이나타운 헌책방 처마
밑에서 너는 우산을 주웠고 젖은 운동장을 가로질러 걷는 너는
자살한 친척의 장례식장에서 비겁했고 거실 천장에 매달려
돌아가는 선풍기를 보던 너는 잠들었고 극장에서 나와 누군가
우산을 씌워주자 너는 거절했고 실내 수영장에서 물안경을
벗은 너는 유리 천장을 올려다보았고 택시 기사가 야당에 대해
이야기하자 너는 잠든 척했고 불붙지 않는 담배를 물고 우는
여자를 보며 너는 너도 우산이 없었고 선생님의 손을 잡고
걸어가는 우비 입은 아이들을 내려다보며 카페테라스에서
너는 누군가와 함께 커피를 마셨고 골목을 걷다 너는 뒹구는
박스를 뒤집어 세워뒀고 공원의 펜스 아래 쓰러져 있는
할머니를 본 너는 119에 전화 걸었고 일주일 내내 바다를
촬영하는 TV를 너는 보지 않았고 모자 아래로 흘러내리는
빗방울을 보며 너는 막연히 예상해왔던 슬픔에 닿지 못했고
지루했던 야외 결혼식장 테이블 위로 쏟아지는 비를 맞으며
너는 이날이 기억되리라는 것을 알고 있었고 우연히 이날을
이야기하는 사람을 만나 함께 있었다 이야기하는 일을
떠올리며 기뻤지만 그런 일이 일어나지 않을 것임을 너는 이미

잘 알고 있었고 설거지를 하다 뒤돌아 너는 침대에서 영화를
보고 있는 누군가에게 시비 걸고 싶었고 타워크레인에 올라가
있는 사람들 아래 너는 오래 서 있었고 스키장에서 스키를 탈
수 없었지만 너는 신기했고 편의점에 들어가 우산 두 개를
계산하며 너는 동전을 떨어뜨렸고 커튼을 쳐놓은 채 너는 하루
종일 창밖을 보지 않았고 미술관을 빠져나와 너는 사물을 믿을
수 없었고 공항에서 연착된 비행기를 기다리며 너는 의자에
앉아 유대교인에게 기대 잠들었고 비행기로 이동하는 중에
승무원이 건네준 우산을 받고서 너는 누군가와 함께 썼고
이어폰을 꽂고 걷던 너는 이어폰을 빼고 주위를 둘러봤고
광장에서 너는 누군가와 함께 젖었고 티셔츠 입으며 너는
각오했고 티셔츠 벗으며 너는 무너졌고 빌딩 앞의 회사원들
보면서 너는 그들이 진짜이고 집으로 걸어오는 너는 가짜
같았고 새벽에 일어나 공책을 펼쳐 너는 네가 너 스스로를 기어
나오려 한다 적었고 새로 산 우비를 입고서 너는 자전거도
사고 싶었고 너는 갑자기 비명을 들었고 비 내리는 꿈을 처음
꿔보며 너는 꿈속에서 젖지 않았고 노란 우비 입고 가만히 서
있는 사람들에게 다가가 너는 너의 주소와 이름을 서명했고
도서관 의자 끌리는 소리가 너는 아버지 같았고 물 털어내는
강아지들을 보며 너는 도상학을 배우고 싶었고 화재 현장을
보던 너는 채널을 돌렸고 다 젖은 가방 속 노트북과 아이폰이
고장 나자 너는 집에 돌아와 샤워하며 울지 않았고 이자카야
문 닫으면 너는 친구들과 택시를 기다렸고 죽은 지인들이
생각나면 너는 하늘을 보며 걸었고 병실에서 어머니 옆에 너는
간이침대에 누워 잠들지 못했고 클럽 앞에 모여 있는 사람들
중 너는 없었고 너는 뉴질랜드 블로그에서 식물을 주문했고

정류장에서 울고 있는 사람을 지나며 너는 언젠가 본 사람
같았고 쓰러진 나무에 반쯤 무너진 전화박스를 너는 몸을
구겨 들어가보았고 처음으로 꽃을 받아본 너는 줄을 기다려
헌화했고 우산 없이 집 앞에 서 있던 아이가 너를 쳐다보지
않았고 옥상에서 몸을 던진 아이가 창문 밖을 지나갔고 너의
천장에서 떨어지는 아이를 보며 너는 꿈에서 깨어났고 불
꺼진 야간 버스에서 너는 책을 펼치고 있었고 창에 비친 너의
얼굴에 너는 조금 늙은 여럿이었고 처음부터 화장실에 서서
젖은 부두로부터 바다 가운데 뒤집혀 있는 거대한 배를 향해
나아가는 작은 보트만이 선명히 떠오르는 너는 책을 덮고
화장실 창문으로 다가가 밖을 바라본다. 구름, 나무, 계곡, 숲,
강, 풀잎, 나무, 바다, 광장, 계곡, 바위, 숲, 나무. 구름 그곳은
비문이다.

한남대교에서 바라본 국회의사당의 둥그런 지붕 빛깔

녹색 천막 둘린 공사장에서 숨소리. 녹색 천막 둘린 공사장에서
지린내. 녹색 천막 둘린 공사장에서 시멘트 벽. 창이 설 자리로
흐르는 녹색 천막 공사장 복도 계단에 버려진 양말 신문지
3층의 회색 담요. 녹색 천막 둘린 공사장에서 하얀 비닐 봉투
으깨진 쥐 언 수건. 녹색 천막 소리 내며 이어지는 주름. 벽돌
더미 가려진 통로들 투명한 비닐 막. 일회용 도시락 용기
갈색 개미 타원형. 갈라진 물 자국 좁은 어둠 흰 거미줄 천장
비린내 녹색 천막 둘린 공사장에서 철골은 직선으로 쏟아지는
바깥 기다랗고 넓은 다면체 숨소리. 석면 가루 납빛 수도관
헬멧. 나무 재 불씨. 구멍 난 목장갑 깃털 복도 걸어가는 녹색
천막 찢어진 곳으로부터 비둘기 떨어져 누운 직사각형 문
흐르는 대각선 천막 녹색 소리. 전기 배선 슬레이트 쌓인 구석
유리에 비친 물결. 비둘기 걸음 유리 조각 고갯짓 녹색 천막
둘러진 공사장에서 계단을 타고 내려와 매트리스 솜뭉치 기둥
사이마다 넓이 많은 평면의 날카로움 몰려 휘어지는 공기.
흔적 뜯긴 전기 배선 무늬 길게 벽 따라 두께 얇은 선의 길이로
바퀴벌레 틈 속으로 사라져 지하 휴지 조각. 페인트 통 구르다
멈춘 곳에서 회색 크기의 접촉면 넓은 타일 천장 공사장에서
문 없이 위치로 섞이듯 녹색 천막 토막 난 계단 흩어진 반복.
수직 종말점 없이 부드러운 복도 작은 돌 조각 속삭임 쥐
냄새 복도로 통과되는 벽 너머 빈 천막 복도 주변 녹색 흐름
사각형들 복도 움직임 음영 엉킴 없는 공사장에서 쓸림
팽창하고 수축되는 영역으로서 복도의 형태 소리 직각 복도로
벗겨낸 육면체들 비어 있는 방향. 세 층 천장 뜯은 높은 방 한
면 가득 물결 매끄러운 냉기 못 구멍 금 간 면만 남아 물체 없이
녹색 천막 흐르게 공기 육면체를 닮아가며 복도 기다란 방위

한남대교에서 바라본 국회의사당의 둥그런 지붕 빛깔

쏟아지는 벽면 사선의 세로로 와이어 높은 곳으로부터 물방울
따라 녹슨 소리 바람의 원근감 깊이 육면체 엘리베이터 조명
깨진 채 문 닫힌 빛

벤치에 앉아 스탠스미스 신은 남자가 고개 숙이고 길게 신발
하얀 끈 풀린 호흡으로 가라앉은 어깨선 너머 음료 자판기 햇빛
반사각 안으로 하이힐 운동화 개찰구 빠져나오는 사람들의
발목. 허리 숙여 주스 뽑으며 경적 소리 열린 문틈 우산
꽂이 하나뿐인 양산 화장품 가게 유리창에 비친 벤치 앉아
스탠스미스 신은 남자가 고개 숙이고 멈춰 선 택시 운전석 비어
있어 교복 니삭스 신은 학생들 서서 웃음을 담배 연기 희미한
벽화 코트 입은 남자 벤치에 앉아 고개 숙인 아래 흩어지는
그늘 개찰구 빠져나와 신호등 코너 옷 가게 마네킹. 슬리퍼
담배 비벼 끄고 택시 회사 유니폼 입은 여자 자판기 주위
학생들 개찰구에서 바람이 하나의 방향으로 갈라지는 머리카락
염색약 냄새 경적 소리 고개 숙인 남자 무릎 위 두 손목을
교차한 채 택시의 컵 홀더 생수 통 물속에 떠다니는 빛 유리창
밖 빨간불 신호등 주스 목 넘김 주머니에 왼손 넣은 택시 기사
사이로 목도리 묶은 학생들 자전거 바큇살. 빗자루 든 군청색
청소복 조금씩 벤치 앉아 고개 숙인 남자 뒤편으로 비질하며
차임 소리 자전거 골목을 조각내어 빠져나와 학생들 고갯짓
깨져 쌓인 거울 조각 쓰레기통 빗자루 군청색 청소복 비질하며
종이 껍질 막대 사탕 전단지 모래알 택시 기사 손목의 끈으로
머리칼 묶고 자전거 골목 밖으로 신호등 바뀌어 횡단보도
건너가는 학생들. 개찰구에서 발소리 벤치에 앉아 스탠스미스
신은 남자가 고개 숙이고 택시 기사 운전석으로 걸어가며

빗자루 흩어질수록 사람들 등 아래 넓어지는 환함 기다랗게
그림자 하나 빗자루 홀로 흔들거리면서 개찰구 빠져나온
어지러운 사람들. 운전석에 도착해 택시 기사 손님을 태운
채 껌 씹으며 스쿠터 한 대가 측면을 남겨두고 손님은 유리창
안에서 화장을 고치고 꽃집 트럭 내린 인부들 꽃잎 흘리며
경찰차 사이렌 소리 벤치 아래로 햇빛 그림자를 일으키듯 고개
숙인 남자 비를 든 청소부와 교차해 좁은 골목 코너가 보이지
않게 떠나가는 경찰차. 화분들 꽃집 앞에 놓이고서 비료 냄새
하얀 트럭 인부들 기지개 달리하면서 개찰구로 걸어가는
사람들 청소부 길 비켜주며 뒤돌아도 비질로 먼지 일으키질
않고 전화 받으며 제자리서 걸음 멈춘 안경테 금빛 남자 빗자루
그늘 없이 각자의 그림자로 머무는 자세. 경적 소리 벤치에
앉아 스탠스미스 신은 남자 고개 숙인 채 눈 뜨자 택시 유리창
조수석으로 가지 복잡한 가로수 뒤집혀져 비치며 잎사귀 빈
나무 택시 유리창에서 가지로 찢어지는 속을 내보이고 벤치에
고개 숙인 남자 다시 눈 감으며 나무의 밖을 벗기듯 떠나가는
택시. 전화 마치고 개찰구로 들어서 두 발 붙여 선 역무원 지나
구두 위로 날카로운 빛 눈 비비며 천장에 낙서된 계단 올라
경적 소리 허리 긴 바람 안쪽으로 바닥에 그려진 발자국에
발을 맞춰 선로 바라보며 띄엄띄엄 고개의 각도가 다른 사람들
구름 몇 종이 냄새 가판대 라디오 **CM** 송 손목시계 초침 해진
서류 가방 속살 야구복 입은 아이 까맣게 탄 얼굴 밀려오는
전철 선로의 반짝임 바라보다 탑승하듯 걸어가 떨어진 남자
위로 속력 지속되어 벤치에 앉아 스탠스미스 신은 남자 눈
뜨고 어깨 추스르며 목도리 속으로 코까지 파묻은 채 고개
숙여 멀어지는 빗자루 골목으로 눈 감아 깨져 놓인 거울 조각.

소음 방지벽 회색 높이 대형 광고 간판 회색 높이 소음 방지벽
구름 높은 회색 소음 방지벽 close 팻말 걸린 술집 빛 머무는
뒷모습의 환한 청소부 문을 열어 골목에서 지하로 계단을
내려와 어두운 창고. 철제 의자에 앉아 문에 비친 채광 창틀
모양 밝음을 정면으로 탁자 위에 유리컵 청소부 모자 벗어
보일러 배관 소리 문에 비친 창틀 모양 밝음 속에 철제 의자
앉은 머리카락 그림자 곰팡이 냄새 쓰레받기 더미 청소부 눈
뜬 채 눈동자 떨림 없이 팔자 주름 검버섯 문에 비친 창틀 모양
밝음 속에 유리컵 먼지 쌓인 물 청소부 장갑 벗지 않고 희박한
호흡 그림자 높낮이 눈 뜬 채 옅은 눈썹 바람 소리 탁자 위에
올려둔 두 손 움직임 없이 균열된 천장 검은 문에 비친 창틀
모양 흔들리는 밝음 속에 눈빛 없는 그림자 유리컵 투명한
물의 흐름 발걸음 소리 덜컹거리며 바짓단 발목의 그림자
물을 지나가고 전철 경적 구겨진 로커 마대 썩은 내. 가만히
아무도 노크하지 않는 문에 비친 밝음 속에 불타듯 어둠 선명한
청소부 눈꺼풀 깊이까지 맺힌 그늘 속에서 사각형 밝음을
정면으로 닿지 않고 나이 셀 수 없는 그림자에게 시선 없이
유리컵은 투명하게 흐르고 색 빠져 얼룩진 청소복 낡아 바랜
은색 견장 청소부의 모양은 기울어진 문에 비친 밝음 속에서
신원을 알 수 없이 창틀의 흔들림에 섞여 두 손 모아 컵을 쥐어
부르튼 입술 찢어진 채 창문 밖 오른쪽 귀를 가르며 비껴드는
빛 옆모습으로 컵을 들어 그림자 목 넘김. 밝음 오른쪽 귀에서
어두운 눈으로 번져가 쇠문에 비친 창틀 모양 과장되며 청소부
등의 환함 측면으로 이동해 왼쪽 어깨 그늘 흘러내리고 오른눈
밝게 휩싸여 시선은 눈부시게 변함없이 정면으로 기울어진
유리컵 오른편 얼굴 빛 속으로 먼지 쌓이는 눈동자. 문에 비친

창틀 사라진 밝은 모양 속에서 은빛 머리칼 새하얗게 오른쪽의
청소부 신발 밖으로 발을 꺼내 갈색 눈동자 연해지듯 초점을
헤아릴 수 없이 까마귀 울음 방향으로 넘치는 창고 안에서 밝기
길어지며 유리컵 물방울 손가락 철제 의자 녹슬어 삐걱거리는
받침대 닳은 탁자 위로 비스듬히 문에 드리운 그늘 속에서
윤곽 없이 덜컹이는 사물 밖 좁은 골목 줄 선 택시 음료 자판기
역무원 수신호 회색 높이 소음 방지벽 경적 소리 빈 벤치

지붕 보이며 지나가는 버스 캐리어 끌고 걸어가는 여자와
여자의 걸음걸이 베이지색 디오르 코트 주머니에 손 넣은
육교에서 빌딩 유리 속을 걸어가는 여자의 방위 서프보드
승합차 둘러싼 고층 빌딩 육교 사선으로 비추어 수직의 하늘
속으로 걸어가는 여자 난간 밖 시계탑 유리 빌딩 모서리
갈라지는 새 떼 육교에서 계단을 올라온 지팡이 든 노인
점자블록 유리 빌딩 사무실 팩스 옆에 투피스 차림 여자 구조
구겨지는 베이지색 디오르 코트 주머니에 손 넣은 여자의
걸음걸이 빌딩으로 늘어나며 헬리콥터 소리 점자블록 노인은
지팡이를 거둔 채 서 있어 도로의 차들 사라지면 시계탑
보이는 육교에서 움직임 없이 움직임 없는 움직임으로 휩싸여
사무실의 투피스 차림 여자 내려다보던 시선을 거두지 못해
흔들리는 유리창 헬리콥터와의 간격은 육교 걸어가는 여자의
걸음걸이 유리창에 멈춰 선 노인의 스카프 직선 기다란 육교를
연장하며 각진 계단 높이서부터 이어져 내려오는 점자블록
헬리콥터 소리만이 헬리콥터의 잔상으로 주머니에 손 넣어
걸어가는 여자의 걸음걸이 구름 걸친 빌딩 모서리 어두워진
유리창 스카프 여미어 노인 지팡이 쥔 손 칸막이 사이를

57   한남대교에서 바라본 국회의사당의 둥그런 지붕 빛깔

가로지르며 넥타이 맨 남자들 육교 계단참 주저앉아 엎드린
야숙자 구름 놓인 그늘 아래 펼쳐놓은 손바닥 안 잠든 참새
점자블록 지팡이 부딪히며 허리 편 노인의 걸음걸이 자줏빛
스카프 굴곡 검은 손톱 야숙자 손안에서 참새 지저귐 소리
전화벨 육교 아래 택시 지붕 밝은 경광등 지나가고 디오르 코트
주머니 휴대폰 빼내 전화 받으며 여자 구름 바깥으로 그늘
계단을 흘러내리며 말없이 시계탑 초침 반짝이는 각도로 멈춰
서 선 바람의 형태로 나부끼는 코트 베이지색 파마 컬 대답
없이 휴대폰 든 그림자 이동하는 그늘 속으로 땟자국 손바닥
위 갈색 날개 포개진 움직임 시계탑 그늘 벗어난 여인 깃 죽은
디오르 코트 자락 지나가는 노인의 걸음걸이

거미. 카페 야외 테이블 은빛 재떨이 마주 앉은 부부 목줄 맨
슈나우저 커피포트 하얀 벽면 카페 현관의 페르시안 카펫
펼쳐진 찰스 밍거스 연주 하품하며 남편 허리 숙여 둥근
테이블에 기대 플라스틱 커피 잔 흔들어보고 논문 읽는 아내
흔들리는 은빛 귀걸이 꼬아 앉은 종아리 밖 치마 맨발 아래
뒤집혀 놓인 생로랑 슬리퍼 한 짝 슈나우저 제자리 맴돌며 고개
돌린 남편의 이마 위로 나뭇가지 지나온 햇빛 미간 사이로
클랙슨 소리 식탁보에 번진 커피 자국 팽팽해진 목줄 이끌고
슈나우저 대답하듯 소리 내면 손 내려 머리 쓰다듬어주는
아내. 사과 향 풍기는 팬케이크 접시를 한 손에 카펫 밟으며
허리 앞치마 휘날리는 직원 야외 스툴에 앉아 얇은 손목시계
푸는 쇼트커트 머리 여자에게로 조금 낮은 녹색 풀밭 짧은
머리의 여자 선글라스 벗어 헝클어진 머리 매만지고 비어 있는
맞은편 의자 담배 연기. 까맣게 그을린 목덜미 책갈피 뽑아

하드커버 만델시탐 펼쳐 고개 박아 읽어나가는 쇼트커트 여자
화장기 없이 트랙 바뀌고 남편의 무릎 위에서 남편과 함께 잠든
슈나우저 책 읽는 두 여자 사이로 지지대 받쳐진 나무 한 그루
일그러진 나뭇가지 그림자 환한 아스팔트 부부 테이블 아래
거미 교차될 듯 교차하지 않으며 다리를 이어나가듯 기둥 따라
올라 거꾸로 보이는 정강이 가득 맨살 사과 향 시럽 팬케이크
칼로 잘라내며 만델시탐 파란 표지 검은색 하이웨이스트
바지 비어 있는 맞은편 의자 접시 두 그릇 포크 옆 손목시계
가죽끈 동그란 금빛 테두리 체크무늬 냅킨 재떨이 불씨 남은
담뱃재 시럽 흘러내리는 팬케이크 조각 입안에 넣으며 짧은
앞머리 너머 힐끔 마른 수건 굴러다니는 도로 곁눈질로 액정
어두운 아이폰 맞은편 비어 있는 의자. 흙냄새 온더록스 잔
정렬된 대리석 바 턴테이블 바이닐 레코드 가죽 소파 흐트러진
담요 찻잔 사이를 넓게 잘라내며 밝음은 문밖 만델시탐 책
위에 팔을 포개어 턱 기댄 여자의 짧은 머리칼 너머에서부터
부서져 눈 감아 꼬리 흔드는 슈나우저. 수건 엎어진 채 무단
횡단하는 아이들의 그림자 길게 잠든 남편 종이 넘기는 소리
여자 가느다란 손가락 사이로 펜 돌리는 뒷모습 짧은 머리칼
흔들리며 지지대 받쳐진 나무 허리 휘어진 모양으로 빛을
거두어 가둔 주위 어둠 속 반짝임 입구 벽면에 기울어지는
포니테일 남자 직원 앉은 그림자. 하얀 손 책갈피 끈 종이
위로 올려두고 앞머리 매만져 넘버나인 선글라스 쇼트커트
머리 여자 스툴에서 일어나 나무의 기교 아래 복잡한 무늬를
벗어내며 스틸 의자 등받이에 기대 담배 문 아내에게 라이터
건네받아 두 방향 담배 연기 결 나부끼는 치마와 하이웨이스트
지지대 받쳐진 나무 허리 휘어진 모양으로 바람을 거두어 가둔

한남대교에서 바라본 국회의사당의 둥그런 지붕 빛깔

주위 어둠 속 햇빛 반짝임 따라 눈 뜬 슈나우저 잠든 남편의
등 어깨 위로 거미 올라가며 말없이 두 여자 수건 엎어진 밝은
도로로부터의 빛 속에서 각자 손에 담배 걸친 채 시선의 교차
없이 신호 걸린 얼음 배달 차량 눈 내리는 설산 그려진 냉동
트럭 움직임 미비한 거리 신호등 위로 스며든 비늘구름 도로
등지고 논문 읽는 아내 제자리로 돌아가 벽에 걸린 서프보드
내려놓고 닦는 직원. 슈나우저 지지대 받쳐진 나무 허리 아래
조금의 반짝임 쫓아 목줄 팽팽하게 서성거리며 선글라스
벗어도 캄캄한 아이폰 하얀 손 만델시탐 펼치는 쇼트커트 여자
문장 속으로 그늘 드리워 사과 냄새 팬케이크 은빛 재떨이들
오버사이즈 코트 걸쳐 입어 포개놓은 팔에 고개 기대 눈 감음
연해지는 조도 등받이 뒤로 고개 젖힌 남편 의자 뒤로 끌어
일어나 카펫 펼쳐진 카페 안으로 조명 턴테이블 유리잔 하얀
페인트 벽 서프보드 닦는 직원의 안내 따라 목제 문 열어
조그만 공터로 아무도 없이 반쯤 무너져 있는 벽 너머 동서풍에
자빠지는 잡초 뜰 펑크 나 일그러진 축구공 녹슨 화장실 문
안에서 남편 지퍼 내린 채 파란 타일 벽면 정면으로 배수구
녹슨 물소리 날카로운 거울 비친 무너져 있는 벽 너머 동서풍에
자빠지는 녹색 잡초 남편 손 닦아 거울 바라보며 바람에 열렸다
닫히는 문밖 풍경에서 남편의 눈동자를 남편은 마주하고 거울
속으로 뒷모습 남겨두어 공터 청바지 회벽 냄새 무너져 있는
벽을 향해 서 있으며 회오리 발목 높이 손바닥 안에서부터
마르는 물기 자빠져 일어나지 못하는 반쯤 무너진 벽 너머
풀빛 문 젖힘 소리 비늘구름 손가락 끄트머리 물방울 서프보드
남자 직원 걸어오는 남편의 그림자 옅어지며 턴테이블 유리잔
대리석 바 지지대 받쳐진 나무 허리 아래 등 구부려 논문 읽는

아내 목줄 감긴 슈나우저 빨간불 신호등 도로 차 소음 없이
쇼트커트 머리 여자 눈 감은 숨소리 검정 코트 소매 깃 속으로
바람 야트막이 부풀어 올라 이어지는 나일론 검은 굴곡의 순도
높은 볕 밀려난 앞마당 그늘 아래 논문 내려놓은 아내 지지대
받쳐진 나무 일그러진 가지 사이로 자라난 기형적 바람 소리
슈나우저 품 안에 들어 올리는 남편 음악 멈춘 유리잔 뒤집힌
카페 뒤뜰에 반쯤 무너진 벽 너머 멀리 자빠지는 어두운 풀빛
진동음 쇼트커트 머리 여자 엎드린 채 전화 받지 않으며 가닥
갈라지는 머리칼의 부피 신호등 바뀌어도 아무도 건너오지
않는 횡단보도 넓어진 간격 사이 자색 빛 맴돌아 가까이
쏟아져오는 비늘구름

덜컹이는 옥상 펜스 몇 주홍 등 켜진 창문가 타일 벽면 높낮이
다른 건물들 멀리 송전탑만 남아 비스듬히 새어오는 노을 앉을
자리 남아 있지 않은 급행 전철 안에서 스탠스미스 신은 남자
고개 숙이고 야구복 입은 남자아이 배트 가방 바닥에 내려둔
채 승강기 문 앞에 서 있어 전철 얼룩진 복도 스니커즈 구두
높낮이 다른 시선 구축 바뀌는 건물들 직사각형 창밖 흘러가는
송전탑 주위 유리창 덜컹이듯 불 켜지는 맨션 야구복 입은
남자아이 흙 묻은 옷 털어내듯 붉은빛 잃어가며 치과 간판 뒤로
멀어지는 노을 전철 기관사 목소리 일어나 발 끌어 야구복
입은 아이 스탠스미스 신은 남자 고개 숙이는 각도로 퍼져오는
백색 불빛 전광판 플랫폼의 슈트 차림 사람들 전광판 역무원
자판기 영화 포스터 광고판 교복 입은 학생들 덜컹이며 멈춰
서 들어오는 종이 냄새 기관사 목소리 덜컹이며 앉아 문고본
꺼내 읽는 카디건 차림 노인 옆에 학생들 모여 서서 닌텐도

한남대교에서 바라본 국회의사당의 둥그런 지붕 빛깔

게임 야구복 입은 아이 야구 모자 힐끔 유리창의 속도 밖으로
휘어지는 백색 불빛 지나간 자리로 자라나듯 불 켜진 창문
높낮이 다른 건물들 노을 밀려나며 송전탑과 함께 사라진
채 새파란 대기층 공중목욕탕 깃발 바라보며 야구복 입은
아이 야구 모자 눌러쓰는 까만 손 닌텐도 쥔 하얀 손가락의
학생들 웃음소리 긴 복도 손잡이 잡고 서 있는 옆 칸의 사람들
덜컹이는 스탠스미스 신은 남자 고개 숙이고 징 박힌 라이더
재킷 입은 모히칸 머리 남자 옆 칸에서 걸어와 선반 위의
신문지 회수하며 학생들 닌텐도 내려놓아 길 비켜주자 야구복
입은 아이 창에 머리를 기대 전봇대 줄 늘어진 거리 파란
조도로 삼켜지듯 나무들 색 잃은 조경 바람 소리 통로 너머
조금 휘어 보이는 옆 칸 불빛 학생들 가방 액세서리 카디건
노인 문고본 종이 넘기며 터널 속으로 창에 비친 얼굴들
마주하는 얼굴 없이 터널 밖으로 공사 가드라인 쳐진 플랫폼
지나 야구복 입은 아이 환해지는 고개 들어 인조 불빛 백화점
눈부심에 시선을 돌리지 못하고 학생들 무리 여학생 빈자리
찾아 앉아 귀에 이어폰 꽂자 고가철도 낮아진 거리로 전철이
닿아 마찰 일으키며 하나둘씩 가로등 불빛 스탠스미스 신은
남자 고개 숙인 뒤로 자동차 전조등 빛깔의 도로 덜컹이며 색채
입혀지는 거리 깊은 채도로 파란 대기층 멀리 작은 달 하얗게
문고본 너머로 지켜보는 카디건 입은 노인 안경 속에서 빛나는
빌딩들 층층이 차오른 불빛 여학생 귀 밖으로 악기의 잔음 빛
가득 번진 창에 비친 남학생 옆모습 몰래 쳐다보고 기관사
목소리 닌텐도 닫으며 학생들 각자 가방끈 잡아당겨 불빛
선에서 점으로 고가철도 위에 정차한 창밖의 전조등 움직임
사이로 학생들과 함께 우르르 어둠 내리며 빈자리로 출발하는

전철 야구복 입은 아이 구김 어질러진 배트 가방 끌고 자리에
앉아 코 빨간 남자 코골이 소리 묶은 머리 푼 여학생 맞은편에
다리 모아 앉은 남학생 여드름 자국 터널 속으로 전구 빛 무늬
간격으로 터널은 만들어내며 바닥에 겨우 닿는 발 야구복 입은
아이 배트 가방 위로 올려두고 패턴 다른 목도리 두른 두 학생
사이로 옆 칸에서 징 박힌 라이더 재킷 모히칸 머리의 남자가
걸어와 덜컹이는 스탠스미스 신은 남자 고개 숙인 채 엎어지는
어둠 기관사의 임시 정전 안내 목소리 불 꺼진 실내등 밖
속력의 마찰음 눈 부비는 카디건 노인 어두운 문고본 보이지
않는 표정들 터널은 속삭이듯 밝기 적은 조명 야구복 입은
아이 옆에 앉은 모히칸 머리 휴대폰 빛 메시지 알림 남학생
만화책에 손 올려두어 눈 감아 연장되는 어둠 속으로 허리
숙여 부츠 끈 묶으며 모히칸 머리 손잡이 흔들거림 소리 없이
둥근 불빛 터널로 연쇄되어 이어폰 낀 여학생 콧등까지 가린
목도리 너머 둥근 불빛 지나가는 남학생 눈 감은 얼굴 몰려오는
환함은 폭파하며 쉿소리 맞은편으로부터 객실 불 켜진 전철
야구복 입은 아이 고개 돌려 창가로 부닥쳐오듯 손잡이 잡고
선 실루엣들 기다랗게 덜컹이는 방향 엇갈린 채 부딪치는 명암
소리를 일으키며 아롱이자 승객들 흐려지고 하나의 표정으로
멀어져 속력만이 잔상이 되어 남겨지듯 이어지는 터널의
기척 안에서 마주한 꼬리와 꼬리 야구복 입은 아이 디오르
코트 주머니에 손 넣은 여자 실루엣 고개 돌려 불 켜지는 객실
기관사 목소리 남학생 눈동자 조명 아래 만화책 펼치고 카디건
노인 일어나 터널 밖으로 승강문 앞에서 코골이 검은 풀숲
전봇대 조명 없이 드러누운 들판 땅거미 흔들며 엉킨 철조망
밤을 받아내듯 들판 색 벗겨진 채 가옥 드문드문 벽담 넝쿨

63   한남대교에서 바라본 국회의사당의 둥그런 지붕 빛깔

물지게 창문가의 불빛만 덜컹이며 모서리 녹슨 자판기 빈 나무
벤치 흰 장갑 공중 수신호 간이역 문이 열리고 카디건 노인
깜빡이는 불빛 속으로 모히칸 머리 부츠 소리 멀어지며 낙엽
냄새 교복 사이 바람 덜컹이며 밀려나는 자판기 불빛 밖으로
역 이름 팻말 기관사 목소리 나무 벤치 뒷모습 역무원 검은
풀숲 무너진 벽담 덮인 잎사귀 코골이 스탠스미스 신은 남자
고개 숙이고 만화책 종이 냄새 입술 다문 남학생 하얀 손가락
종이 넘기며 닳아 틈 벌려진 스니커즈 구멍 파란 양말 풀숲
검은 머리칼로 얼굴 가린 여학생 목도리 매무새 다지고 이어폰
잔음 짙어지는 창밖 야구복 입은 아이 모자 벗어 흙 털어내
전철의 통로에서 손잡이들 잡은 사람 없이 비어 있는 곳으로
덜컹이며 불빛만 남은 옆 칸 술 냄새 입체적인 속력 창 너머
낮아지는 언덕 스러진 풀 결 무릎 위 만화책 남학생 뒤로 언덕
밀려나 코골이 야구복 입은 아이 짧은 머리 긁적이며 힐끔
허리 세워 만화책 내려다보고 머리칼에 눈 보이지 않는 여학생
고개 들어 남학생과 야구복 입은 아이 사이로 차오르는 윤슬
반짝임 바다의 하얀 거품 엎어뜨리며 파도 긴 동작 반복적으로
달빛 아래 물결 해안 도로의 헤드라이트 빛깔 따라오듯 한
방향의 스쿠터 두 대 기관사 목소리 귀퉁이 만화책 종이 접어
일어나 승강문 앞에 남학생 가방끈 조이며 창을 통해 부드러운
바다를 지나 남학생 뒤로 걸어오는 여학생 창 안으로 스며드는
환함 간이역 조명 역 이름 팻말 파도 소리 들려오는 곳으로
걸어 나가는 학생들 점점 작아지는 파도 소리 기관사 목소리
스탠스미스 신은 남자 고개 숙이고 야구복 입은 아이 모자
눌러써 바다 향해 고개 돌린 채 해안 도로 가로등 덜컹이며
개조 덤프트럭 LED 조명 주름 일렁이는 물결 조그마한 서퍼

몇 코골이 휘어지는 차선 몇 갈매기 흐름 파도 몇 섞인 유속
밀림 없이 창의 속력 속으로 옆 칸에서 기관사의 걸음 구두
소리 야구복 입은 아이 고개 숙여 눈 가린 챙 배트 가방 운동화
자국 빈 좌석들 차가운 시트 바다 얼굴 몇 손잡이 불빛 통로
구두 소리 그림자 손 내밀어 코골이 멈추고 스탠스미스 신은
남자 코트 주머니에 손 넣은 채 비스듬히 파도 거대해지며
사선의 하얀 포말 쌓이듯 무너지는 밤빛 어지러운 물결 철조망
갈라지듯 바람 소리 창 흔들림 미세하게 객실 끝에 선 기관사
덜컹이는 수평선 야구복 입은 아이 고개 숙이고 타일 벽면의
가옥들 정원 가로등 전봇대 가로수 불 켜진 창 안 커튼 묶인
모습 뚜렷해지는 잎사귀 수풀 벽보 글귀 철로 팻말 쓰레기통
자판기 불빛 종착역 나뭇잎 바람 휘어지는 소리 바다 냄새
비틀거리는 빨간 코 남자와 스탠스미스 신은 남자 양어깨 배트
가방 맨 야구복 입은 아이 플랫폼으로 기관실에 놓인 수국

타일 벽면 레이저 옷 겉으로 베트멍 슬리브 티 붉은 전구 칠
벗겨진 욕조 탕 네온사인 어깨 스냅 거는 사람들 턴테이블
반팔 셔츠 아카이 엠피디24 드럼 비트 어깨 스냅 거는 사람들
팔 들어 환호하며 붉은 조명 그림자 아이폰 플래시 흰 빛 속
흔들리는 사진 유리잔 타일 바닥으로 술 냄새 흘러내리고 담배
연기 링 캡 피어스 사이 웃음소리 몸 부딪침 베트멍 슬리브 티
술잔 립스틱 자국 타일 벽면 우키요에 과장된 굴곡의 설산 아래
노이즈 환호성 스치는 다리 선 슬랙스 스타킹 귓속으로 말들은
입술 가까이서부터 레이저 네온사인 발 디딜 곳 리듬대로 발
떼었다 붙이며 테니스 스커트 치노 팬츠 향수 냄새 에어컨 바람
끈적거림 소매 걷어 손목에 찍힌 도장. 얼음 쳐내며 구체로

송곳 든 바텐더 술잔 안에 아이스 볼 붉은 전구 지폐 거스름돈
계단 내려오는 사람들 얼굴 마주해 타일 벽면 아카이 엠피디24
드럼 비트 어깨 스냅 거는 사람들 팔 들어 환호하며 자카르
무늬 원피스 두 손 모두 술잔 들고 사람들 팔꿈치 모자챙 물결
머리칼 헤쳐 제자리에서 베트멍 슬리브 티 춤추고 하나의
기조로 나아가는 노이즈 이어지는 자카르 무늬 보컬 섞인
사운드 보라색 전구 맥주 거품 환풍기 스카프 와이셔츠 속눈썹
보트 슈즈 타일 바닥 물기 조금 반짝여 비치는 연보랏빛 무릎
굽혀 춤추는 사람들 손목 쇄골 귓등 네온사인 서로 허리 감은
두 사람 타일 벽면 반짝여 비치는 연보랏빛 옆모습의 사람들
자카르 무늬 원피스 여자 술잔 건네 베트멍 슬리브 티 쇼트커트
머리 여자와 함께 근처 귓속으로 말은 입술 가까이서부터
비눗방울 노이즈 술잔 들어 얼굴 마주해 춤추며 링 귀걸이
얇은 테 매끄러운 귓바퀴 올라가는 입꼬리 자카르 무늬 원피스
푸른빛 곱슬머리 마티니 아이폰 동영상 찍으며 보컬 허밍
사람들 고개 흔들며 따라 부르고 웃음 밴 환호성 우키요에
그려진 타일 벽면 아래서 붉은 네온사인 보라색 전구 리복
페이즈 원 하이힐 에어컨 바람 휴대폰 불빛 담배 연기 자카르
무늬 원피스 어깨 들썩이고 손가락 사이 머리칼 쓸어 넘기며
립스틱 자국 술잔 잘게 부서진 노이즈 감싸듯 신시사이저
미끄러지는 아이스 볼 타일 바닥 벗어둔 구두 자카르 무늬
원피스 여자에게로 슬금슬금 몸짓 과장하며 춤추는 척
다가오는 남자들 쉰 냄새 딥티크 향수 끈적임 레이저 타일
벽면 반사되어 우퍼 앞 주저앉아 진동에 몸 떨며 눈 감은 채 침
흘리는 얼굴 연보랏빛 움직임 서로 허리 감아 계단 올라가고
술잔 안의 아이스 볼 줄어들어 물기 가득 연보랏빛 타일 바닥

들썩이며 몸짓 사이 피어나듯 변화하는 빈틈 땀 젖은 등 술
묻은 치마 깃밟힌 행커치프 자카르 무늬 원피스 여자 팔꿈치
눕혀 몸 흔드는 남자들 밀어내고 눈 흘기며 다가와 남자 다시
스치는 살갗 미끄러운 분홍색 전구 두 사람 웃음소리 귓속말
일렁이는 타일 벽면 진분홍빛 시선 엇박자로 떨어지고 어깨
비스듬히 내리며 연분홍빛 아이스 볼 매끄럽게 물기 맺힌 술잔
안에서 회전을 리듬으로 잘려 나가는 입술 맞댄 두 사람 아카이
엠피디24 버퍼링 어지러이 사람들 느려지는 스냅 베트멍
슬리브 티 쇼트커트 머리 여자 술잔 내려놓아 여러 어깨 사이
비집어 걸어 나가며 입 냄새 속 축축한 살갗 부딪쳐오는 팔꿈치
욕설 날카로운 우퍼 진동을 채워 넣듯 머리 위 공간으로부터
노이즈 코트 바텐더에게 넘겨받아 계단 오르며 층계 엎어진
술잔 피해 하얀 목뒤 손목 엇갈려 얼굴 없이 키스하는 두 사람
뒤 검은 철제문 손잡이 밀어젖히면 흩날리는 쇼트커트 머리카락
내비쳐진 이마 천체적인 가로등 불빛 뚜렷이 환한 발아래의
진동과 휘어지는 가로수 그림자 코트 걸치며 담배 꺼내 건물
타일 벽에 기대 선 사람들 맥주병 돌려 마시고 스케이트보드
눕혀놓은 남자에게 라이터 빌려 어깨 너머 날아가는 담배 연기
가로등 파도 소리 쇼트커트 머리 여자 검정 코트 주머니에 손
넣어 보도블록 걸어가며 멀리서 휘황한 대관람차 바스러진
낙엽들 문 닫힌 레스토랑 뒤집힌 노천 테이블 바람 구겨지는
방향으로 검정 코트 자락 펄럭이고 웅성거림 파도 소리에 묻혀
쓰레기 보이지 않는 길가로 가로등 우체통 윤곽을 선명히 발
옮기며 속력 빈 도로 하얀 차선 이어지고 건물 수직선 세운
모퉁이 지나 한 방향으로 걸어가는 검정 코트 쇼트커트 머리
여자 오른편 검은 바다 녹슨 펜스 안에 파도 소리 염분 냄새

마루 넓은 파랑 검정 코트 깃 세워 나부끼는 오른편 머리칼
휘황한 대관람차 동그랗게 손가락 밖으로 담뱃불 꺼진 채
도로에서 돌 구르는 소리 깜빡이는 가로등 하나 재채기
스케이트보드 미끄러져 피쉬테일 파카 입은 남자 검정 코트
쇼트커트 머리 여자 뒤로 발 굴려 스케이트 뒤집어 세우고
나란한 걸음걸이 녹슨 펜스 안에 움직임 바다 모양 평평히
손짓 피쉬테일 파카 남자 쇼트커트 머리 여자 왼편에서 보폭을
함께 나뉘는 그림자 옆구리에 낀 스케이트보드 철조망의 파랑
분절되어 휘날려오는 나무 잎사귀 연두색 공중전화기 지나 두
사람 왼편 도로 레일로드 불 꺼진 신호기 파도 소리 검정 코트
쇼트커트 머리 여자 멈춰 서 걸음 내딛지 않고 피쉬테일 파카
입은 남자 스케이트보드 내려놓아 미끄러지며 레일로드 코너
돌아 휘어지는 바람 부피 쇼트커트 머리 얇고 긴 목 뒷모습
펜스 옆으로 걸어가며 멀리 대관람차 한 칸씩 사라지는 환함
셔터 닫힌 가게들 파도 소리 음료 자판기 모래 젖은 냄새 빈
코카콜라 깡통 쓰러진 자전거 코트 자락 헝클어지는 뒷모습
차 없는 도로 가운데로 가로등 육각형 빛 속 균열 간 아스팔트
상아색 맨션 외부로 난 계단 조화로운 사선 연속되는 파도를
조그맣게 서퍼는 곡면을 따라 팔 벌려 균형 잡아 선명한 녹슨
펜스 바깥 긴장되는 허벅지 높낮이 뒤섞이는 흐름 고개 내민
채 허리 젖히고 높아지는 파도 자세 낮춰 보드 붙잡아 엎드려
밀어내주듯 물살 모래사장가로 엎어져오는 바다 얇은 포말
젖은 모래 위로 새겨지는 가느다란 선 바다 끝 숨소리 깊은
발자국 휘청거리며 샤워 타월 옷가지 소형 라디오 개그 듀오
목소리 발목에 묶인 보드 끈 풀고 겨울 이불 깔린 돗자리 누워
바라보는 비행기 불빛 펜스 너머에서부터

회전목마 멈춘 채 페인트칠 벗겨진 말 얼굴 캄캄한 나무 벤치
풀잎 속 벌레 울음 유리창 깨진 매표소 방석 허리 꺾인 의자
색유리 조각 부스러기 한쪽으로 기울어 바이킹 비닐봉지 시트에
토사물 바람에 선수 덜컹이며 범퍼카 어두운 곳에 움직임
어지러이 놓여 있어 부딪침 대신 간격을 버려놓듯 따로따로
벗겨진 바퀴 타이어 물웅덩이 고인 트랙 캄캄한 나무 벤치
소프트아이스크림 간판 아래 빈 가게 벽지 해져 시멘트 표면
대걸레 자루 양동이 카운터 금고 동전 몇 개 초콜릿 아이스크림
회로 잘린 형광 메뉴판 먼지 바닥 체크무늬 앞치마 줄 선 사람
없이 몇 종류의 바람 나무 벤치 등받이 너머 풀숲으로 회전목마
멈춘 채 페인트칠 벗겨진 말 얼굴 만국기 스러져 여기저기
녹슨 쇠붙이 냄새 모노레일 반 토막 난 미니 기차 콘돔 객실에
공중에서 부서져 덜렁이는 쇠 판자 조각나 이어지는 공중으로
풀잎 소리 휘어지며 풍선 걸린 기둥 틈새 캄캄한 나무 벤치
신문 종이 더미 모서리 뒤집혀 풀과 같은 각도로 과자 봉지
은박 빛깔 초파리 떼 지린내 얼룩진 길 모노레일 기둥들 낙서는
색채 무뎌진 기호로 위치에 별빛 먼 물속같이 닿지 않아 태
흐린 정원 마른 장미 갈색 잎 쥐 비틀어져 버려진 속옷 꼬리
쥐의 바스락거리며 기척이 흩트려놓아 분수대 조형물 곰팡이
가득 이끼 곡선으로 츄러스 껍질 배설물 쌓인 물가를 떠다니고
난해하게 자라난 수풀 오줌 자국 뒤덮인 대리석 바닥으로 누워
굴러가는 와인병 갉아 먹힌 잎사귀 무늬 암전되어 기다랗게
처진 공중그네 와이어마다 기울기 달리 휘청거리는 시트 매달려
제자리서 뒤틀림 와이어 하중에 치이며 가늘게 찢어지는 소리
조명 나간 파라솔 지붕 아래 뒤틀린 채 흔들릴수록 캄캄한
공중 발자국 남겨져 무너진 석상들 회전 멈춘 목마 페인트칠

벗겨진 말 얼굴 거울의 방 벨벳 커튼 통로 입구 천막 비닐 문
휘날렸다 닫히며 흐르는 커튼 결 하얀 분필로 그려진 육망성
원형으로 진열되어 직사각형 거울들 서로를 비추어 계속 어둠
속이 나타나고 자세하게 변화하는 농도 여럿의 어둠 속 여러
각도로 모습 드러나 가리어진 거울 움직임 부푼 천막지붕
굴곡 바람 소리 쥐어지다 팽창하듯 곡선 팽팽히 거울들 어둠
속에서 밖 잃어 깊이를 잡아 내려 삼켜진 채 방위 흐리게 표면
사라져 흘러가는 커튼 뒤집힌 문 비닐 천막 수축되며 얇은 풀
바람 소리 색유리 조각 부스러기 모서리 각진 대관람차 객실
손바닥 자국 남은 유리창 별빛 통과해와 대관람차 채 살 적시며
유원지 꼭대기로 삐걱거리는 철붙이 객실 지붕들이 그려놓은
거대한 원의 바깥 부드러운 채도 푸름 짙은 파도 소리 해변 냄새
별에서부터 하강할수록 벗겨지듯 사라져간 자리로 자세해지는
문 뜯긴 객실 담배 구멍 시트 철골 주저앉은 매표소 인형 탈
빠진 눈알 속으로 바퀴벌레 신문지 회전목마 멈춘 채 페인트칠
벗겨진 말 얼굴 캄캄한 나무 벤치 반쯤 풀잎에 뒤덮여 전구 수명
다한 가로등 아래 발소리 멀리 다가오는 손전등 빛

사이드미러 공항 캐노피 아래 뒤집힌 카트 줄 선 택시
헤드라이트 배기 매연 성에 낀 창 디오르 코트 입은 여자
뒷좌석에 앉아 손등 위로 턱 기대 창밖 바라보고 멀어지는
공항 몇 환한 유리창 유니폼 입고 모여 대화하는 승무원들
무지 캐리어 전화박스 은색 휴지통 리무진 정류장 공항 경비대
사이렌 불빛 펜스 쳐진 활주로 날개 거대하게 조명 받으며
서행하는 비행기의 측면으로 껌 풍선 택시 기사 컵 홀더 립스틱
자국 뚜껑 없는 테이크아웃 커피 잔 담배꽁초 조수석에는 서류

봉투 먹다 남긴 플라스틱 도시락 카세트테이프 칫솔 치약 머리
끈 담뱃갑 생수 통 소형 전기 충격기 맞은편에서 다가오는
헤드라이트 사이드미러 속으로 활주로 불빛 함께 점이 되어
밀려나 키 큰 보안등 생겨나듯 펼쳐지는 차선 사이 택시
앞으로 8차선 대로 유리창 넓어진 도로 보안등 불빛 디오르
코트 입은 여자 담배 케이스 담배 꺼내 택시 기사 시가 라이터
뽑아 넘겨주어 헝클어지는 바람 소리 담배 연기 택시 기사 입
밖으로 열린 창틈 날아오는 불빛 택시 유리창 안 두 여자의
얼굴 같은 높이 다른 방향의 시선 부푸는 머리칼 얇은 곡선들
오르막 고가도로 속도 줄여 길게 코너 돌며 색 변한 보안등
담뱃재 몇 건물 도로 아래로 작아 보이게 점점이 코너 끝나지
않고 걸려오는 전화 받지 않으며 디오르 코트 입은 여자 손가락
끝으로 담배 튕겨내 속력 붙어 점멸하듯 밀려나는 직선의 밤
흐린 색채로 불 꺼진 외곽 도시 전화벨 소리 고가도로 보안등
간격 택시 차체로 반사되어 택시 기사 속도를 줄이지 않고
라디오 켜 채널 돌리며 주파수 사이 목소리들 전화 대신 디오르
코트 허리끈 푸는 여자 백에서 조그만 유리병 텀블러와 함께
꺼내 클래식 채널 옆 차선 휘청대는 녹색 가와사키 오토바이
헬멧 없이 뒷좌석 허리 붙잡은 갈색 머리 여자 뒤돌아 오른팔
흔들어 인사하고 멀어지는 갈색빛 웃음소리 글자 해진 표지판
유리병 속 알약 다시 백 속으로 택시 기사 고개 숙여 앞창 얼룩
확인하고 스위치 돌려도 부러진 와이퍼 올라가다 고꾸라져
엎드려 유니폼 소매 끌어 닦아봐도 그대로인 얼룩진 도로
보다 다양하게 불빛들 흩어지듯 고가 아래 디오르 코트 입은
여자 시선 떼어 화상 자국 택시 기사 목덜미에게로 도라에몽
스티커 붙여진 운전대 껌 씹는 소리 슬리퍼 때 낀 소매 디오르

코트 주머니 걸려오는 전화 여자 차단 버튼 누르고 방향제
광고 라디오 운전석 선바이저에 붙여진 북극 오로라 사진 다른
차원으로부터 영롱히 라디오 진행자 멘트 화물칸 유기견 실린
트럭 차창 졸고 있는 운전수 차선 바꿔 클랙슨 울려주며 택시
내리막 코너 음계 라디오에서 이어져 도심 속으로 증발되듯
남겨진 잔상 앰뷸런스 녹색 사이렌 24시 맥도날드 테이블에
엎어져 누운 학생 둘 교복 두른 목도리 교과서 만화책 밝은
창가 깊이 어두운 골목 뒹구는 팸플릿 술집 조명 셔터 내린
상점들 파출소 사거리 지나 낮은 빌딩 나열되는 가운데로
속력에 스며들 듯 반사되는 신호등 불빛만 거리에는 하얀
차선이 움직임을 빌려 쏟아지고 잎 대신 새들만 가로수 그림자
사이 모포에 몸 구겨 넣어 잠든 사람 건물들 밀려나 넓어지는
별빛 택시 기사 생수 통 뚜껑 열며 백미러 여자 디오르 코트 깃
하얀 블라우스 손목 핏줄 얇은 귓불 옆모습을 떨어뜨리는 눈빛
차창으로 소리 들려오지 않는 무인 주유소 멈춰 선 채 반듯한
각지붕 떠받친 기둥 정확한 비율로 띄엄띄엄 기름 탱크 조명
아래 명암 뚜렷하게 평평한 바닥에는 타이어 긁힌 흔적 주변
조금 팬 장소를 나가고 들어오거나 세워진 차 없이 홀로 떨어진
무인 주유소 수평과 수직 사이 직각을 드리우는 선명한 빛
주유소 바깥의 전부이듯 일방적 어둠으로 널름거려오는 은하를
버티며 백미러 속에서 마주치는 두 여자의 눈 신호등 불 바뀌어
횡단보도 넘어 과속방지턱 지나 정전된 거리 가늘고 길게
물들이며 나아가는 택시 헤드라이트

자전거 거치대 유리창 미닫이문 스테인리스 현판 빗자루
간이 소파 전화기 벽에 걸린 화이트보드 당직 근무자 명단

남자 순경 책상에 누워 잠든 고양이 의자에 앉아 커피포트 물
끓이며 무전기 노이즈 미닫이문 바람에 흔들리고 근무 일지
무릎에 올려두어 작성하는 순경 앰뷸런스 불빛 잠든 고양이
얼굴 옷걸이의 형광 조끼 견장 깨끗한 순경 어깨 휘파람 소리
고개 뒤로 젖혀 비틀거리는 빨간 코 남자 자빠질 듯 말 듯 순경
향해 거수경례하며 지나가고 머그잔 속으로 김 일으키는 커피
무전기 노이즈 하품 기지개 잔 든 채 일어서 거울 앞에서 커피
한 모금 마시고 몸 돌려 옆모습 살피며 거울 향해 정면으로
고개 돌려 왼손 허리춤의 총을 잡아 빼는 시늉 바닥에 쏟아져
내린 커피 미닫이문 차임벨 소리 자전거 바큇살 사이 묽어지는
어둠 순경 문 열어 바다 냄새 자전거에서 내린 남자 경사
뒷좌석의 야구복 입은 아이 손잡고 들어와 소파에 앉히고서
잠든 고양이 갈색 무늬 바닥 닦은 순경 걸레 내려두고 미닫이문
닫아 바람에 넘어진 자전거 세워 거치대로 유리창 안 전화기
든 경사 고개 숙인 야구복 입은 아이의 모습 한 손 허리에 얹은
경사 모자 눌러쓰는 야구복 입은 아이 볼펜 들어 근무 일지
뒷면에 받아 적는 경사 배트 가방 내려놓지 않는 야구복 입은
아이 바람 소리 규칙적으로 멀리서 신문이 던져지는 기척 경사
전화기 내려두고 야구복 입은 아이에게로 야구복 입은 아이
경사 올려다보며 고개 끄덕임 미닫이문 커피 냄새 순경 문 닫아
연해지는 어두운 거리 잠든 고양이 뒷모습 한 방향으로 누운
갈색 털 세모난 귀 무전기 노이즈 옷가지 가려진 비품 창고
경사 컵라면 들고 나와 순경 커피 버리고 포트에 물 넣어 다시
끓이며 잠든 고양이 들어 안아 소파에 내려놓으면 옆으로 슬쩍
비키는 야구복 입은 아이 잠 깨지 않는 고양이 얼굴 무릎 사이
야구복 입은 아이 포개진 두 손 경사 일력 뜯어 쓰레기통에

버리고 책상 위에 컵라면 셋 미닫이문 덜컹임 바람에 바다 짠
내 봉고 차 밖으로 던져진 신문 짙푸른 높쌘구름 나무젓가락
얹어두어 세 사람 컵라면 들고 앉아 있어 순경 일어나 물
부어주며 피어오르는 구두 소리 경사 야구복 입은 아이 어깨
위로 담요 무전기 노이즈 세 사람 사이로 밀가루 향 잠든
고양이 꼬리 세워 제자리서 고개 떨어뜨리며 조는 야구복
입은 아이 볼살 가득 까맣게 탄 얼굴 긴 속눈썹 벌어진
입술 투명하게 고이는 침 배트 가방 위에 발 올려둔 채 고개
주억거리는 야구복 입은 아이 미닫이문 참새 소리 이불 실린
손수레 밀고 야숙자 골목으로부터 맨발 한 걸음씩을 내딛는
뒤로 어두운 그늘 높쌘구름 털모자 오물 자국 녹색 파카 무릎
나온 바지 끌며 녹슨 손수레 밀어 맨발 한 걸음씩을 내딛는
뒤로 어두운 그늘 높쌘구름 먼지 낀 흰 수염 딱지 진 귀로 한쪽
바퀴 삐걱거리는 손수레 밀어 맨발 한 걸음씩을 내딛는 뒤로
어두운 그늘 높쌘구름 새까만 손톱 구멍 난 목도리 오줌통 걸린
녹슨 손수레 밀어 맨발 한 걸음씩을 내딛는 뒤로 어두운 그늘
높쌘구름 굽은 허리 주머니 밖 흘러나온 두루마리 휴지 때
얼룩진 얼굴 전화 받는 경사 모자 벗은 순경 조는 야구복 입은
아이 부르튼 입술 음식물 쓰레기봉투 실린 손수레 밀어 맨발 한
걸음씩을 내딛는 뒤로 흐린 그늘 속 옅은 그림자 멍들고 부어
눈곱 낀 눈꼬리 구부러진 손잡이 손수레 밀어 맨발 한 걸음씩을
내딛는 뒤로 옅게 한 걸음씩을 내딛는 그림자 구더기 붙은
긴 머리칼 발가락 발톱 없이 손수레 밀어 맨발 한 걸음씩을
내딛는 뒤로 한 걸음씩을 따라 내딛는 선명한 그림자 기울어진
손수레 짓눌리듯 조그만 몸 초점 없는 눈빛 뒤로 쏟아지는
새파란 빛 높쌘구름부터 물들어와 새파랗게 젖은 길모퉁이

스탠스미스 신은 남자 모퉁이 돌아 거리로 나타나며 정류장에
서 있는 첫 버스 점퍼 입고 모여드는 늙은 인부들 사이를 코트
주머니에 손 넣고 걸으며 흐릿한 표정들 몸짓 위로 바다 냄새
보이지 않는 물결 횡단보도 없는 대로를 가로질러 육교 아래
광막하게 빈 도로 납작한 비둘기 사체 오르막 고가 신호등 감시
카메라 타워크레인 파도 소리 스탠스미스 신은 남자 걸음걸이
목도리 무릎 밑까지 코트 자락 간이 화장실 구덩이 파여 흙
쌓인 공터 인조 잔디밭 지지대 받쳐진 가로수들 경비실 지나
유리 파사드 복합 쇼핑몰의 넓은 메인 홀 정갈히 정리된 하얀
대리석 바닥 물 흐르는 분수대 10층 높이 타원형 건물 유리창
바깥 비스듬히 새파란 구름 섬세하게 휘발하는 푸른 채도 불
꺼진 채 비어 있는 건물 어디에서인지 볼 수 없이 발걸음 소리
모래 몇 알갱이 하얀 대리석 바닥으로 복도 투명하게 벽 너머
공간 철제 사다리 유리 벽 속삭이듯 보이지 않는 기적 테라스
구멍 난 목장갑 넓은 메인 홀 깨끗한 대리석 바닥 분수대 중앙
조각상의 머리에서부터 물 흘러내리며 나선형 계단 고급 자재
하얀 곡선의 굴곡 이어지는 발걸음 소리 모든 방위로부터
멈춰 선 누드 엘리베이터 공중에 매달려 사선으로 떨어지는
시선 팽팽한 와이어 기다랗게 10층 높이 유리창 높은 구름
자세해지며 넓고 밝은 대리석 바닥 길게 곡선 진 투명 벽 흰
구름 다가올수록 맑아지는 바깥 새벽 걷힌 환한 유리 거울 속
스탠스미스 신은 남자의 얼굴

파란 천막 덮인 지하도에서 숨소리. 파란 천막 덮인 지하도에서
지린내. 파란 천막 덮인 지하도에서 타일 벽. 천장으로 흐르는
파란 천막 지하도 계단에 뱉어진 가래침 토사물 회색 담요.

75   한남대교에서 바라본 국회의사당의 둥그런 지붕 빛깔

파란 천막 덮인 지하도에서 음식물 쓰레기봉투 으깨진 쥐.
파란 천막 소리 내며 이어지는 주름. 천장 비린내 파란 천막
덮인 지하도에서 계단은 직각으로 쏟아지는 바깥 기다랗고
구체적인 숨소리. 빈 라면 박스 가스버너 나무 재 불씨. 깃털
복도 파란 천막 찢어진 곳으로부터 새끼 새 떨어져 누운 천막
파란 소리. 깨진 공병 쌓인 구석 유리에 비친 물결. 파란 천막
덮인 지하도에서 계단을 타고 내려와 낡은 이불솜 뭉치 기둥
사이마다 넓이 많은 평면의 날카로움 몰려 휘어지는 공기. 천장
지하도에서 문 없이 위치로 섞이듯 파란 천막 토막 난 계단
흩어진 반복. 수평 종말점 없이 부드러운 지하도 작은 속삭임
오줌 냄새 지하도로 통과되는 천장 천막 파란 흐름 지하도에서
비어 있는 방향. 바닥 가득 물결 천장 파란 천막 흐르게 지하도
기다란 방위 쏟아지는 주름 바람의 원근감 깊이 파도 소리

음악은 없는데 창문 비. 침대 사이드에 걸터앉은 스킨헤드, 날개 뼈 움직임대로 얇고 빳빳한 살결 구겨진 레몬빛 홑겹 이불 밖으로 얼굴 내민 스킨헤드가 묻는다. 그랬단 말이지. 어. 그래도 울 뻔했다는 것이고. 그러게 무슨 생각을 하다가 그렇게 됐는데 무슨 생각을 했었는지 모르겠어. 선풍기 방향 바꿔주며 누운 채 기지개 펴는 스킨헤드에게 창문은 젖고 있는 자전거, 쇠 손잡이, 차임벨, 휠, 알몸으로 스킨헤드의 두 사람 살내 섞인 침대에서, 그늘진 책장 마샬 스피커 물병에 담긴 식물의 그림자 방벽에 구부렸다 펼쳐본 손가락 사이로 바라보다 눈 감은 스킨헤드의 겨드랑이 속으로, 속삭이듯 흘러내리는 창문 조그만 전구 여럿 달린 넝쿨 스킨헤드는 스위치 껐다 켜며 울 뻔했던 생각에 관하여 저녁에 약속은 없지만 있을지도 모른다고 여겨지는 낮에 희미한 전구 불빛 스위치 내리고 화장실로 멀어지는 스킨헤드의 작은 엉덩이를 따라 얕은 코골이 줄줄 녹아내리다시피 자전거 가만한 자세로, 앙상한 뒤태를 지닌 너의 걸음걸이를 지켜보다가 네 턱 아래에 송곳을 찔러 넣어 턱뼈를 따라 그어낸 뒤 반원형으로 구멍 난 자리에 갈고리를 집어넣고선 아랫니 위로 빼내 끌고 다니는 꿈을 꾸었다고 스킨헤드가 하나의 샤워기 아래서 턱을 들어 꿈속에서 송곳을 찔러 넣은 지점을 가리켜주면 잠든 널 볼 때마다 창밖으로 던져버리고 싶어져. 함께 젖으며 차가운 물줄기 밖으로 뻗어 있는 스킨헤드의 왼손에 쥐인 담배를 둘이 번갈아 돌려 피우면서 두터운 담배 연기 수납함에 수건 섞여 쌓인 책들 타코벨에 갈까. 비누 거품 몸에 문지르고 머리 위로 샴푸를 뿌려주는 스킨헤드의 얼굴 눈 따가워 보이지 않아 목소리만이 유진에게도 전화해볼게. 창문 없이 담배 연기 뿌옇게 때 낀 타일 벽 물방울 둥근 표면 욕조가 있다면 좋겠어.
말은 꺼내지 않고 그런 모습을 옷장을 열어 재봉선 부드러운
셔츠를 꺼내 입고서 커튼 너머로 햇빛 새하얀 해변이 펼쳐져
있다면 수평선에서 건너온 넓은 바람 로션 바른 맨살 겉으로
셔츠 환하게 부풀어 오르고 새까만 환풍기 알몸의 스킨헤드는
화장실 문에 등 기대어 물소리로 빗나가는 스킨헤드의
얼굴부터 발목까지 가운을 들고 기다려주며 침대 사이드에
걸터앉아 있었을 때 넝쿨 전구 불빛들 농구 코트 관중석 계단에
앉아 있었을 때 농구화 마찰음 농구공의 그림자들 스킨헤드
건네받은 가운 두르고 수도꼭지 열어둔 채 담배 하나씩 더
불붙여 찬 물방울 발목 건드려오면 웃으면서 마른 수건 사이
좀체 꺼내 읽지 않아 눅눅한 시몽동, 마수미 어지러운 환풍기
소리 화장실 문밖에서 도서관 들를까. 좋아. 허리 숙여 얇은
속옷 허벅지 사이로. 침대 사이드에 걸터앉은 두 사람은 창문을
통해 여전한 비. 스킨헤드가 묻는다. 욕조 비싼가? 놓을 곳도
없는걸. 아쉽네. 목욕탕에 가세요. 욕조에서 햄버거 먹고 싶어.
죽여버릴 거야. 뭐? 욕조에서 햄버거 먹으면 죽여버릴 거라고.
욕조 없잖아. 맞아, 근데 그냥 니가 욕조에서 졸다가 햄버거
흘리는 모습을 상상해보니까 짜증 나. 이런, 스킨헤드는 말없이
아이폰을 짚으며 엿이나 먹어 어차피 청소는 늘 내가 하는데.
말을 꺼내지는 않고, 검정 박스 티셔츠와 디스트로이드 진을
입고 나란히 앉아 스피커폰으로 전화를 걸며 열차라면 이렇게,
아무래도 직선이겠지 조금 덜컹거리면서, 창문은 나무 아래.
유진은 바쁜가 봐. 넝쿨 불빛 없이 이어진 길이 네가 무슨
생각했는지 알 거 같아. 미안해 너한테 엿이나 먹으라고 했어.
수신음 속으로 흔들리는 빗방울을 창문은 속력으로 지나가면서

나란히 이마 위로 손차양 만들어 횡단보도 앞에 서 있는 두
사람 스킨헤드.

극장 복도를 걸어 결 밟힌 붉은 카펫, 지나오며 괘종시계가
있었다고 안대를 찬 극장 직원이 치마 주머니에 손을 넣고
정수기 앞에 서 있는 모습. 실내화 가방 들고 중앙 계단을
내려오면 교무실 팻말 아래 니스 칠해진 목재를 길게 세워
가둔 금빛 종소리 마지막이 몇 시였지, 치마 주머니에 손 넣고
걸어가는 직원의 뒷모습은 눅눅한 복도 벽지 사이로 캄캄하게
사라진 상영관 비상구에 서서 스크린을 올려다보아, 무음의
먼지들 궤도 하얀 뒤틀림 천천히 반바지 속으로 서로의 손
집어넣은 남자 둘 머리 위에서 영사기 빛줄기는 예언 같아
손가락이 가느다랗고 팽창하는 팝콘 냄새 어제 그녀는 정수기
앞에 서서 물방울 맺힌 종이컵의 납작한 바닥을 지켜보았고
어제도 아래층에서 바이올린 켜는 소리가 들려오게끔 창문을
열어놓고 앉아 있던 목재 의자에서 걸어 나가 창밖으로
뛰어내리는 여인을 바라보았지 여인은 스크린으로 두 번 다시
나타나지 않았다 평평해 오래 바라보아지는 것들이 손가락으로
후벼 파본 왼쪽 눈알 안대를 대어 양장점을 지나 극장에
오기까지, 은박지 두른 김밥을 들고서 시민공원을 가로지르며
어릴 적이 떠오르지 않았다. 안대를 들추고, 내려놓고 다시
들춤 내려놓음 오른편에서 왼쪽으로 사라지는 참새, 징검다리,
분수대 아이들, 매미 울음 밝은 나뭇가지 찢어지는 비상구
녹색 불빛 종이컵 바닥을 그녀는 바라보고 바캉스에서 어떤
헤어스타일을 하고 있었지 어릴 적 해안가에서의 부모님
얼굴이 조금도 기억나지 않아. 매일매일 바이올린 소리가

81

창문을 펼쳐놓을 때마다 눈앞에서 자세해지는 여인의 뛰어내림
신음 소리 남자 둘 저음으로 삐걱대고 녹색 불빛 비상구 문
불 꺼진 통로, 계단이 바닥날 때까지 내려가봐도 여인의
시체를 찾을 수 없었다 매일매일 여인이 뛰어내린 스크린의
방향으로 고개 올려다보면 계단이라는 입체. 괘종시계가
있었나? 휴게실에서 김밥의 당근을 골라내며 그녀는 유튜브에
올라온 토론토 영화제 클립을 살폈고 왼편에서 오른쪽으로
초파리 떼 달려들면 손등으로 쳐내어 옥상에서 담배 피울
때마다 노려본다던 경비원 있잖아 안대를 차고 마주 째려보니
먼저 눈을 피하더라고, 치마 주머니에 칫솔을 꽂아둔 채
옥상 물탱크 그늘 아래 그녀가 입 내밀면 담배 연기 슬리퍼
바깥, 아지랑이 피어오르는 상아색 난간 너머 눈 쌓인 수목원
걸어가던 랩코트 두 여자 그래서 어제 집에 잘 들어간 거지?
곤충들이 커지고 있구나. 개미, 벌, 귀뚜라미. 난간에 가려
보이지 않는 옥상들 쨍쨍한 구름 한 덩어리 기울임 변한
물탱크 그늘 옆에 그녀는 눈 찌푸려 유니폼 반팔 밖으로 땀을
색채처럼 흘리며 어제 일기예보에서 장마가 시작됐다고 택시
기사가 이야기했던 것 같은데, 이마에 맺힌 땀방울 물 자국
번진 안대 붉은 카펫 복도로 되돌아오니 팔짱 낀 남자 둘이
귓속말하며 그녀를 지나가고. 그녀는 뒤도는 대신 그런데 너무
빠르게 지나간 것 같은 거지 여전히 남자 둘의 웃음소리가
바라볼 수 있을 만큼 가까이 있음에도 지나가고 난 그 순간에는
어째서 그토록. 괘종시계는 지방의 기차역에서도 예의 입식의
자태로, 여름방학식을 마치고 교문을 나와보니 그랜저
안에서 부모님이 기다리고 있었는데 남몰래 운동장의 구령대
아래 창고로 들어가는 남매의 이름은 피재욱과 피재연 맞나

운전석과 조수석의 부모님 얼굴은 조금도 기억나지 않고 그
아이들과 한 번도 놀아본 적 없고 부모님은 아직 살아 있고 그
아이들도 살아 있겠지 담배꽁초와 생리대 버려진 극장 화장실
거울 앞에서, 지금 몇 시야? 어제 그녀는 파란 모기장 가운데
이부자리에 누워, 피 굳은 눈꺼풀을 감고서 더운 바람이 그녀의
이마를 훑을 때마다 어느 소행성을, 하나이고 빛이 나고 빛을
물방울처럼 물방울을 빛처럼 회전시키고 정처 없이 어떤
바람들을 불러내면서 어제 복도에서 영화 포스터를 떼어낼
때 소형 라디오로 들려왔던 지난 세기의 정원 혹은 바람들이
너무나 육체적이라 느끼면서 소름이 돋으며 그녀는 잠에 들
듯 핑그르르 소멸해가는 어제 속에서, 지하 1층 정전된 극장
엘리베이터 예감만 남겨진 채 너 어딘데 잘 안 들려. 뭐라고?
잠깐만.

호숫가에 흩어진 옷가지들. 물병 속 햇빛, 차 키, 이마바리
타월, 플라스틱 일회용 컵, 풀빛 호수에서 두 사람의 목소리
평영으로 물결 그리며 호 둘레 녹색 전나무 숲, 그늘 아래 누워
눈 감은 남자 호수 멀리 나아가는 이들의 물장구 나뭇가지
사이로 광선은 솔 내음 펼쳐 엎어놓은 책 얹어둔 얼굴 눈을
뜨면 가늘게 초록 잎사귀 벌어지듯 빛의 덩어리 손등으로 눈
가리면 손바닥으로 귀뚜라미 소리 초록색 가름끈 책 밖으로
맑게 풀어진 호수 물속에서 천천히 팔 휘젓는 두 사람 따라
소금쟁이, 모닥불 흔적 하이킹 배낭 찌그러진 맥주 캔 기지개.
그는 몸을 일으켜 반바지를 주워 입고 숲의 높이로부터
균열되어 비스듬히 갈라져오는 햇빛 맨발로 거닐며 어깨에
달라붙어 목뒤로 기어오르는 작은 풍뎅이 모른 체 젖은 흙냄새

맥주 캔 뒤집어봐도 비어 있어 하얗게 마른 입술 커피 스틱을
물고 친구들이 먼저 들어간 호수를 향해, 키 높은 전나무들
지나온 모양의 밝고, 어둡고, 밝고 어두운 오솔길 걸을수록
따가운 발바닥 바람 불어 그늘과 볕이 변주될수록 넓은 공기는
새소리처럼 고해상도로 그는 두 손으로 얼굴을 쓸어내리면서
손바닥 위에 남겨진 잎사귀들 털어내고 침 삼킬 때마다 따가운
목 반바지 주머니를 뒤져 꺼내보면 전원 켜지지 않는 루미아폰,
차를 몰아 대교로 들어서기 전에 들렀던 커피 쇼룸의 차가운
라테를 떠올리면서 돌아가는 길에 다시 들르자고 이번에는
현관의 래브라도 리트리버에게 고개 내려 눈을 마주하고
아레카 야자로 장식해놓은 쇼룸 바에 앉아 찬 라테 서두르지
않고 한 모금씩 부드러움을, 뒷목을 잡아 손 내밀어 펼치면
손바닥 밖으로 날아가는 풍뎅이 둥근 태가 전나무 가지 틈새로
직선의 결 층지게 내비치는 밝음을 통과해 사라져버리는데
그의 몸을 왼편부터 열어젖히는 빛 속을 걸어도 그는 사라지지
않고 눈부심에 고개 젖힌 얼굴 위로 물소리 환하게 흩어져
있는 옷가지들. 두 사람은 머리만 빼꼼히 파문 이는 수면에
선명한 구름 대신 약간의 별들이 비쳤을 때. 물속으로 등을
기대 배영하면서 시선 닿는 대로 퍼져 오르는 보랏빛 은하
잔잔히 물결 따라 튜브에 탄 이들이 쏘아 올린 폭죽 별의
근처에 색채 입히며 종아리로 물고기들의 미끄러운 감촉 술
취해 고개 떨군 이의 튜브 뒤집어 빠뜨리곤 웃느라 물을 몇
움큼이나 뱉어내면서 헬리콥터 소리 들려오는 곳을 향해 다
같이 고개 돌려보면 검은 나무들의 꼭대기만 흔들리지도
않으면서. 그는 물 없는 물병 내려두고 꽃이 잠긴 물가로 손
휘저으며 작은 송사리들이 도망가도록 그의 얼굴만 남은

빈자리로 한 모금을 떠내어 입술 적시고 발목부터. 명치까지
한꺼번에 부풀어 오르는 걸음이 물속에서 부드럽게 증가되는
반바지 아래 짚을 곳 잃은 발 더 이상의 보폭 없이 그는 수면에
얇게 잘린 구름 속으로 고개를 집어넣으며 후미에서 머리보다
높은 위치의 두 다리를 모아 무릎을 접었다 펴며 물 깊숙이,
기포들 코로 숨 밀어내면 내려갈수록 탁한 물길 사이 방울져
멀어지고 가끔 껴안듯이 옆구리 휘감아오는 식물 줄기 길쭉이
양팔을 뻗어 물살 가르며 나아가다 저 앞, 물낯을 커튼처럼
통과해온 햇빛이 눈부시게 일렁이는 구역에서는 머리 들어
천천히 몸을 세우고서 자연스레 이마부터 떠오르도록 힘을
어깨와 허벅지를 몸 밖에 내놓듯 발장구만 슬며시, 따뜻한 물결
주름져 맑은 수면으로 돋아나는 햇살 물속에서 가까워질수록
친구들의 움직임이 빛 곁에 머무르듯 목소리가 들려오는 것
같은데 수면은 반짝임 가득히 어지러이, 물소리 혹은 웃음소리,
그는 누군가 그의 이야기를 하길 기다리면서 들어본 적 없는
것처럼 어느 이야기라도 기다림이 그를 물 밖으로 이끌 동안
따가운 눈 속에서 도형적인 햇빛의 잔상이 계속 분열되고 질끈
눈 감은 그가 손을 뻗어 친구 한 명의 다리를 잡아 수면 위로
머리를 내놓자 친구들은 배경이 사라진 채 처음 보는 얼굴들이
되어, 실내 수영장의 레인 중간에 일어서버린 그는 입 밖으로
물 한 움큼을 내뱉으며 물방울 떨어져내리는 수영장 천장을,
물안경을 벗고 먹먹하게 들려오는 물장구 소리 가운데 배영
중인 아주머니들을, 왼팔 내밀어 팔꿈치 조금 비틀어보며
물기 가득한 맨살 귀밑으로 흘러내리는 물의 궤적을 느끼면서,
다시 수영하는 대신 레인 맞은편을 향해 걸어가고, 조금씩
자세해지는 소리. 어깨를 낮춰 가쁜 숨을 가라앉힌 채

수영모까지 벗고 나서 뒤돌아보면 염소 냄새 푸른 타일 지하
수영장.

6번 국도에서 두물머리 지나는 양수대교로 들어설 동안 잠들어
있었다. 양평에서는 오랜만에 탁구도 치고 농구도 했는데
다들 농구는 중학교 이후 처음이라 한 쿼터도 못 채우고 뻗어
누웠다. 백보드 너머 석양, 귤빛으로 물들어가는 켄터키 잔디와
얼굴들 손을 떠난 공이 여전히 몸과 이어져 있는 감각으로
골대 속 그물망에 휩싸일 때는 잠시나마 주위가 뚜렷했다
지금 서울의 온도가 36도라고. 조수석에 앉아 바라본 창밖의
남양주는 늘 막연히 그려왔던 대로 초록빛 이름도 알고 싶지
않은 산과 숲에 둘러싸여 그늘진 비탈길 지나, 측면에서
번져온 햇빛에 선바이저 내리는 그의 차창으로 호수 같은
강이 펼쳐져 윤슬을 바라보는 얼굴 또한 흐릇듯 환해짐을
느낄 수 있었다. 뒷좌석에 누워 잠든 그는 눈물 연기를 해야
할 때면 어릴 적 기르던 강아지 슈를 떠올린다고 말했었는데,
슈는 다들 만나본 적 있었고, 앉아, 손, 이러면서 놀아본 적
있었고, 거실을 뛰놀다가 피자 박스 위에 다리 가지런히 모아
앉아 푸푸 까맣고 조그만 코로 숨 뱉으며 잠든 모습을, 회색
앞머리가 콧바람에 흔들리는 모습을 다들 본 적 있었으나
치매에 걸려 락스 물 담긴 바가지에 들어가 고개 파묻은 슈를
기억할 수 있는 건 그뿐이었고, 안락사시키기 위해 동물
병원으로 향하던 소형차에서의 토 냄새를 혼자 기억할 수
있는 그가 잠든 채 이야기하지 못한 이야기들 사이의 모양을
만들어낼 동안 몇 번이나 갓길의 과일 트럭들을 지나쳐왔지만
그토록 다양한 색감 곁에서 주인은 한 번도 보지 못했다.

86   **warp**

덜컹거리며 내비게이션의 안내로 샛길 달리던 차가 코너 돌아
비포장도로를 벗어나자 늘어선 전신주들의 그림자가 짧아져
있어 예민해지는 사위 고개 비스듬히 눈을 찌푸리다 또 졸았고
언젠가 오토바이가 지나갔고 환자복을 입은 사람이 앞사람의
허리를 껴안은 채 등에 얼굴을 기대고 있었는데, 햇빛 얼룩진
차창 너머 풀밭과 낮은 건물들만 보이는 도로에서 멀어질 듯
가까워지고 다시 멀리 떠나가는 그들의 뒷모습을 지켜보는 게
좋았다. 잠 깬 그들이 물 돌려 마시며 그가 죽은 것 같다기에
뒤돌아보니 정말 그가 목이 뒤틀린 채 흰자를 내보이고
있어 동영상을 찍어 텀블러에 올렸다. 일라이자 블레이크
틀어놓고 고개 까닥거리거나 가끔은 욕설 섞인 탄성 내뱉으며
레이백처럼 튜닝되어 밀려 나가는 불빛 속으로 터널은 늘
다른 사람으로의 꿈 같고 빗나간 미래가 흘린 내장 같다고
그가 지금 창밖의 속력은 전부 가상이고 사실 우리는 아무
속도도 없이 동기화되고 있는 중이라고 그렇게 터널을 벗어나
아이폰을 켜는 순간 우리는, 인공위성을 해킹한 인도인들이
콜카타의 움막에서 새로 업데이트한 세계를 살아가게 되는
것이라고, 그렇구나 그래서 네가 맨날 요가 매트에서 자위를
하는 거구나. 개소리들 좀 하지 마 창문을 내리니 그가 고개
꺾인 채 창밖으로 머리통을 대롱거렸다. 그는 중학생으로
돌아가는 꿈을 꿔본 적 있는지, 자신은 반가운 마음으로
학교 복도를 걷던 중에 너무나 뜬금없이 한 번도 생각해본 적
없었던 도덕 선생님이 나타나 신기했다고 말해오며, 꿈에서
깨자마자 그분의 목소리까지 명확하게 기억났다던 그가
알려준 이름은 박광정이었는데 다들 그 이름이 익숙하긴
했으나 왠지 똑떨어지는 기분은 아니었기에 검색해보니,

8년 전 폐암으로 사망한 배우의 프로필이 가장 먼저 나왔고, 그 사람의 얼굴을 가리키며 그는 이 사람이라고, 이상하네. 다들 또 말이 없다가 이내 그는 순간 자기도 이 사람이 도덕 선생님이었던 것 같아 칠판 앞에서 혀 차는 습관까지 떠올릴 수 있었지만 이 사람이 어느 드라마에서 선생님 역할을 했던 것 같고 그래서 그런 착각을 했을 거라고 그러면 우리의 도덕 선생님은 누구였지, 전혀 얼굴조차 떠오르지 않아 비어 있는 얼굴의 자리로 터널 끄트머리에 뭉쳐 있는 빛이 새하얗게 들어서고 그 사이에 누군가 걸어가거나 실종되거나 멈춰 서거나 달려가거나 증발되거나 죽어버리면서 무수히 빛 밖으로 흩어지는 도시 저 멀리 거대한 타워의 윤곽이 나타나 있어, 시야 높이 선명한 하늘 향해 기다란 곡선 그리는 고가도로를 따라 구름은 입체적이고 조경 깔끔히 아우른 유리 파사드 빌딩들에 둘러싸여 차선 옆으로는 양평에서부터 이어져온 강의 윤슬이 여전히 반짝거리며 강의 공중을 가로질러 가는 전철의 덜컹거림을 아득히 꾸며내는데, 쇼핑몰 그리고 강변의 조깅 하는 사람들을 지나, 운전석과 조수석 사이로 머리 내민 그가 지금 어디냐고 물어왔을 때 다시 바라본 타워는, 가까워지고 있는 건지 멀어지고 있는 건지, 차창 저편에서 회색빛 윤곽만을 거대하게 보이고 있었지만 바라보면 바라볼수록 지금 보이는 장소에 속해 있는 것인지 확신할 수 없었다.

그곳으로 이곳이

听不太清吧不好意思，别人都在睡觉。中秋节过得好吗？我现在在宾馆。我正走在露天游泳池外的路上。有漂白水的味道。到早上之前我再修好一部电梯就可以了。虽然大叔没和我一起来，不过现在我自己也可以做好了。虽然是有点儿胆怯，但是我知道我会做得越来越熟练的，而且有时我会对这种熟练的感觉感到厌烦。起风了。哇，水也起了波澜。会下雨吗？能看见几个仍在开着灯的房间。我想象了一下宾馆里的房间。在上海的学生宿舍里偷偷地看着美国小说，在北京的大使馆里也是那样。首尔没有军人们来来回回的转悠。虽然时常会看见军人，不过没什么，好像军人和人们之间都互相不在意对方。听见了吗？像哭声，谁又睡不着呢？等一下，让我在日光椅坐一下，一直想感受一下来着。啊，真舒服。这个时间只有自己在游泳的话，心情怎么样，会好吗？会很安全，也会很暖和吧。这些水冻结在一起时在那里被夹住的那张脸是我们见的第一具死尸吧。坐下来还真冷诶，我得稍微走走。刚才哭过的人可能这回睡着了，希望他能睡个好觉。周末我去参加了朋友邀请的一个聚会，是我之前修完剧场的电梯走出来的路上碰见的朋友们。谢谢你先跟我搭话。那部电梯用得时间太久了，修它花了五个小时，脸也脏兮兮的而且身上也肯定散发出臭臭的味道。听了以后才知道，那个剧场是他们最喜欢的地儿，他们说这个剧场可以为他们播放非常罕见的电影，并且外国的导演也会到场呢。我在一次休息的时候也去过一次，不过里面演的内容我一点也看不懂，要是中间走出来吧，太不好意思了，所以索性就睡了。在梦中我好像看到了你出现在电影里。总之我还好像和他们一起去了图书馆还一起找了UFO，甚至还好像跟他们一起参加了示威活动，他们还邀请我一起去美术馆。一开始弄得我非常紧张，不过真去了一看，只是一个简陋的建筑。还记得吗？在我们小区里那些瘦得跟杆儿似的军人们和斑点狗一起睡午觉的那片废墟吗？我觉得这个美术馆比那片废墟还要一片狼藉。但是来到楼顶上一看非常好，都是一些穿戴长相非常漂亮帅气的的人，放着动听的曲子，摆着精美的食物，我差点哭了出来。这里的大厅也非常的华丽，高耸的大理石柱子，坐在皮沙发上就能看见大吊灯，端着高级的咖啡杯，脚底感受着软软的地毯，啊，不不，对不起。打扰一下，刚才有个男的问有没有安全套，听见我的笑声了吗？好像又进房间了吧。我们还能像第一次看见自动贩卖机时那样再一起喝可口的可乐吗？想想看那里连冷却器都还没有引进，藏在晚上在街上转悠的人中间，牌子太亮了眼睛都要被晃瞎了。等一下，我的声音很小吧？我正走在走廊里呢，很软。内蒙古的路如果也像这么幽静的话我们本可以光着脚走在上面的。这里的门都特别美，很安静，仿佛像墓碑。春天我在地铁站入口处看见摆满了很多鲜花，但只是花买了放在那儿了，有人要采访我，但是我拒绝了。我们在何娜院时是那么学过的，可笑吧。就算来到了这儿我也还是不能做太抢眼的事，就算你来到了这儿也还是不能和你手牵着手在大街上乱逛，那样的话可能我们又被追杀吧。哇，看见了南山塔，我到现在也还是一次都没去过呢，看起来是很漂亮，不过上去了也不知道该做什么。如果休息的时候我就随便在小区了逛逛，有空地的的话我就坐在秋千上，有岸的话我就爬上去。如果一群坐在树荫下的奶奶们和我搭话的话，我就讲清津的事给他们听，但是好像很多事我都不能很准确的记得了，常常出现一种那已经不属于我的想法。又起了风,听一下，院子里的树叶在我头搅动了起来，那儿的夏天也是这么惊人吗？大叔家里太热了所以是在拘留所过的，进了派出所说自己是间谍求你把我带去警察局吧，但是难得看到连毛孔都展现给别人看的人也是非常有意思的，孩子们把装有旋光灯色昆虫的采集筒挂在脖子上摇晃，风吹来，愉悦的脸，仰望了天空。可能孩子们也不知道，直到拿着抓蜻蜓的空网兜回家的路上，风变凉了，人们的表情反而麻木了。我马上要去看看电梯了，不会花太长时间的，自己可能会害怕。虽然我已经说过变熟悉了，但是就像我们经历过的一样，恐怖不管什么时候都是一种新的感觉。我正上着连向宾馆阳台的台阶，台阶怎么能这么别致呢，我的脑海中浮现出你我穿同样礼服的模样，礼服的裙摆随着台阶流动，非常气派，伴着些许阳光。没关系，什么声音也听不见，可能现在大家也都还在睡着呢吧。何娜院的老师说过在首尔交朋友的时候要小心点儿，都是真人知面不知心的人。但是我反而觉得那样更好，索性人们将虚情假意伪装的更好一些反而更好。等一下。

刚才电梯的天花板开着呢。我们谈什么来着？啊，对，这儿的人。在废弃的建筑物里的聚会结束后找厕所的时候，我在一个空房间看见一个独自在哭泣的朋友，刚才还是在楼顶上笑着说把男导演的(生殖器官)剪掉，塞进他们的耳眼儿，不过太小了觉得连他们的耳膜也不会刺痛的，独自蜷缩在一个坍塌的墙角里。都挤在公交站等着末班车一起有说有笑，但是不知是谁把头转了过去看不到他的表情。回想起来，好像不管是什么时候不知是谁总会有一个人那样。现在我该上去了。哦，真黑，还是酒店呢也没什么两样。啊，不对，上来一看还真是深啊，用手电筒照但是也照不到尽头。哦，声音在响，正抓住了电缆站着。关上了手电筒就像是把眼睛闭上了一样，很舒服，就像是原本消失了但是又都近了的感觉。在这里连那一点看起来也像我自己的，独自在一个空房间里独自哭泣的那个人甚至是连自己的手指都看不到那样才觉得更安全吗？往互相看不到脸的方向转头的人们，如果能看到那些人的表情该多么好。他们甚至连自己都看不清自己吧，可能跟空间一个概念。偶尔修完电梯后，到了一楼门打开的时候多希望你会出现在那，街道上徐徐前进的车，我会踩着车辆的顶盖跑过去的，黑乎乎腐蚀的海岸，在海边光着脚跑过去的。用十年前抑扬顿挫的首尔话聊天，一起坐着百货商店的电梯，两手满满的捧着热乎乎的炸鸡盒子。从酒店的电梯里下来，我想坐坐飞机，冬天的话也想坐坐火车，在我的记忆里，时间能抵达的话，现在是什么模样应该会在脑海里浮现出来的，你仍然会在军用卡车下蹲着，我渐渐的从那个地方消失着。

휠체어 타고 지나가는 할머니. 그는 요양 병원 복도에 서서
창문 단풍 물든 정원. 휠체어 타고 지나가는 할머니. 채광 밝은
복도로 나무의 얇은 그림자들 그는 멈춰 서서 유리창 틈새 새어
들어오는 기온을 손등 위로. 카트 끌고 간호조무사 그의 뒤에서
열린 병실 문 안으로 민트색 커튼, TV 소리, 침대 끝 주름진
발들. 빈 침대 시트 벗겨내며 그는 옆 침대의 호흡기 단 노인과
눈을 마주치고 미소 짓고, 시트 세탁 수레에 집어넣고 나서까지
바라보는 노인과 다시 눈을 마주하여 아침에 가족분들이
데려가셨어요. 끔뻑이는 눈 모서리 없는 눈동자 조그맣고 물기
없이 민트색 커튼 흔들림. 세탁 수레 밀며 복도를 걸어가면서
조리실 아주머니들 웃음소리 나물 삶은 냄새, 오후의 볕이
유리창에 남겨진 손자국들 희미하게 엘리베이터 앞 링거 대

끌고 선 할머니에게. 환의에 적힌 글자를 따라 내려가면 바짓단
밖으로 오줌통 호스 이어지는 벨 소리 1층의 로비를 지나며
할머니는 담배를 꺼내고 전화기 너머에서 민의 목소리가
넓은 회전문 속으로. 우울해서 과자 두 봉지를 먹었는데 다
먹고 나니까 너무 쪽팔려서 우울증 걸릴 것 같아. 정원을
통과시키듯 안으로 나무의 색채를 들이며 화려해지는 회전문
밖으로 그가, 할머니의 뒷모습 좁은 어깨 빛을 물리치면서
나부끼는 환의 앙상한 손가락과 담배 연기, 바꾼 지 얼마 안
됐어요. 통신사에서 걸려온 전화 끊고 세탁 수레 밀며 그는
정원의 외곽 길 걸으면서 나무 아래에서, 도서관에서 나와
책을 읽으며 걸어갈 때 종이 위로 드리운 나뭇가지 그림자가
바람 불면 번지듯 차올라 가끔 문장 사이로 기어 다니는 벌레
글자에 섞여 재채기 주머니의 손수건 건네주며 말은 꺼내지
않았었는데, 그가 팔짱 낀 채 제자리에 서 있고 그가 바라보는
곳으로 민의 운동화가 그의 방향으로, 그가 제자리에 서 있고
그가 바라보는 곳으로 민의 얇은 손목이 손을 이끌어 민의
목뒤로, 그가 웃으면서 바라보는 곳으로 표정 찡그린 민의
동그란 옆통수가, 민은 앞니를 기준으로 그의 얼굴을 양옆으로
찢어버린 뒤 목구멍으로 척추를 빼내 다시 그 구멍에다 눈알을
집어넣는 꿈을 꾸었다고 그는 제자리에서 팔짱 낀 채 바라보는
자리마다 그려지듯 움직이는 민에게 웃음만을 아무 말 꺼내지
않았었는데, 환의 입은 노인들 정원에 각자 서서 겹쳐지지
않는 시선으로 바라보는 자리마다 물든 단풍. 그는 세탁 수레
밀어 담배 피우는 의사들에게 인사하지 않으며 정원 외곽 길을
울퉁불퉁하게 바람의 방향대로 구겨진 표정 고개 숙여 얼굴을
숨겨봐도, 손등에서 왼쪽 눈가까지 어떤 기온이 닿아오면 눈을

잠시 감았다 뜨면서 세탁실로. 건조기 소리 의자에 앉아 그는 바지 주머니에 말아 넣어둔 책을 꺼내 무릎 위에 펼쳐두고 손가락으로 문장을 따라 짚어 읽어가면서 도회지로 이어지는 길을 걸어가면서 핫도그 가판대 앞에서 커피와 핫도그를 먹으면서 도로를 지나다니는 옐로우 캡들을 지켜보면서 공황기의 옷차림들을 구경하면서 다시 또 어떤 기온이 문틈으로 홀로 걸어가는 손가락에 닿아오면 그는 세탁실 창밖을 바라보고 눈 찌푸려 손가락에서부터 몸을 두르고 있는 감각들이 막연한 장소로 소환되는 느낌 속에서 유년 시절의 주택 골목을 추적하며 떠오를 듯 말 듯한 움직임들 낯익은 세탁 냄새 고개 젖혀 벽에 머리를 기대어 천장을 바라보면 바람에 덜컹거리는 세탁실 문. 종이에 닿아 있는 손가락의 감각. 그는 말을 꺼내지는 않고서 무언가를 물어보는 상상을 천장에게 어떤 기온에게 문의 소리에게 오후에게 노인에게 청소부에게 주택 골목에게 휠체어에게 나부끼는 환의에게 말을 꺼내지는 않고서 말을 꺼내는 상상만으로 그동안 실제로 말을 꺼내온 것처럼 더 이상 꺼낼 말 없이 천장을 향해 입 벌린 채.

교정에 비가 내린다. 중학생들은 줄지어 계단을 내려가고 교실 창밖으로 머리 내민 그녀의 비틀린 어깨, 비. 교실 백열전기등 책상 아래 바닥 나무 냄새, 중학생들 줄지어 우산 쓴 걸음걸이 흐르는 운동장 흙 빗소리. 교실의 불을 끄고 담배에 불을 붙이고 치마 주머니에 손을 넣고 책상 위에 뒤집혀진 의자들 터틀넥 어깨선 너머로 담배 연기. 물방울이 창밖에서 그녀는 창틀 옷걸이에 걸린 체육복 젖어가는 모습 지켜보며 주스 캔에 담뱃재를 털어내고 한 모금 더 뱉어내면 복도로부터

발소리 옥상에서 아무도 떨어지지 않는데 창문에 달라붙은
물방울은 불꽃놀이처럼. 옥상에서 머리부터 떨어지려 하는데
아무도 그녀들을 보지 못하고 회색 긴 치마 다리를 꼬아 앉은
그녀는 몇 열린 사물함 흘러나온 스타킹 기다랗게 창밖으로
팔 내밀어 차가운 투명함 손가락을 스쳐가게끔. 칠판지우개
복도의 발소리가 가까이 시계 없는 교실에게로 쏟아지는
운동장 담배 연기 속에서 그녀가 창을 닫고, 발소리 교실 문
앞에 머물며 걸상 다리 사이를 훑고 빠져 나가는 비바람의
허리 따라 중학생들이 흐르던 자리로 그녀는 담배를 던지고
문이 열리면 창밖, 비가 내리는 플랫폼 문이 닫히면 그녀는
가끔씩 흔들리면서 손잡이 붙잡은 채 멀어지는 플랫폼에게서
눈을 떼고 이어폰으로 성가대 노래, 코트 깃 여미며 냉장고에
남아 있을 식재료들을 떠올리고 청소와 샤워를 마친 뒤 침대에
누워 눈 감길 때까지 볼 영화를 고르고 전철 의자에 앉아
있는 사람들에게서 화장실 물 냄새. 다음 역이 베를린이라면
오슬로, 몬트리올. 집집마다 발코니 난 건물들 사이의 거리를
코트 위로 팔짱 끼고 걸어가며 흩날리는 머리카락에 인상을
찌푸리고 어깨가 흠뻑 젖어도 발코니의 사람들이 내려다보아도
아무렇지도 않게 길가에 자리한 묘원을 지나 불친절한
종업원이 야외 파라솔을 접고 있는 카페테리아에 들를 수
있다면 창에는 빗방울만이 화질을 무너뜨리듯 화성학처럼
그녀는 손잡이와 함께 흔들릴 때마다 이끌려가면서 다음 역이
하노이라면 교토, 방콕, 부다페스트, 문이 열리고 외국어와
오토바이에 둘러싸여 읽을 수 없는 전단지들을 따라 어디라도
도착할 수 있을 골목을 걸을 수 있다면, 문이 열리고 빗방울이
휘날리고 얼굴이 차가워지고 아무도 걸어 들어오지 않고 얼굴

그곳으로 이곳이

위로 손을 얹어두고 빗방울이 휘날리고 문이 닫히고 다시
이끌려가면서 그녀의 손길이 그녀에게 믿기지 않아 얼굴에
닿은 머리칼의 흔들림을 느낄 수 있는데 온기 어긋난 손이
쓸어내는 얼굴은 창 안에서 그녀의 기억보다 늙은 채로 그녀는
유진에게 걸려오는 전화를 받지 않고 전철은 고가철도를
지나고 얼굴에서 손을 내려두고 강으로 비가 내리고 입술이
마르고 빗방울이 병적으로 흘러내리고 창밖에는 그녀의
얼굴만이 그녀를 도시에 비추며 잿빛 국회의사당 사라져가는
속력 밖으로 사라져버리던 불빛이 빗방울에 맺혀 가로등은
과장되고 가로수 위로 비가 내리고 페인트 벗겨진 극장 간판
아래 그녀가 우산을 접으면 붉은 카펫 복도. 빗물 새는 비상구
계단 그녀는 유진에게 걸려온 전화를 받지 않고 내려온 계단을
올려다보면서 굴절되듯이 어둠이 물소리로 발등까지 젖어와
구두를 벗고 불붙인 담배 하수구 냄새처럼 구역질해봐도
나타나지 않는 다음 역 문을 열어 상영관 안으로 영사기
빛줄기는 태국어 같아. 도시락 통 들고 호숫가 거니는 알몸의
두 남자가 엉덩이와 종아리에 달라붙은 모래알을 털어내면서
그녀를 돌아보지 않고 그녀는 머리 위로 가느다란 빛줄기만을
환해지는 눈꺼풀 사이로 물기 마른 그녀의 동공 속에서
두 남자가 교차된 자세로 누워 기다래지는 서로의 성기를
붙잡고서 입안으로 혀 깊숙이까지 빨아내 헛기침 소리 남자의
어깨를 기어오르는 날벌레 침 엉켜 끈적거리는 소리 손가락
젖꼭지를 스치듯 붉어진 귓바퀴 약간 구부러진 성기를 빨고
빨리면서 두 발목을 꼬거나 한 발을 조금 띄우며 바짝 당겨진
종아리근육 빛줄기의 먼지들은 깃털 같아 가끔은 집에서도
볼 수 있었는데 한쪽 무릎을 세워 앉아 발톱에 매니큐어 바를

때 혹은 뒷짐 지고 냉장고 앞을 서성일 때 언제나 천천히,
성스러워 바라볼 수 없을 누군가 몰래 다녀가 흘려둔 듯이
포근하게 볕이 난 자리에 머물며 눈부신 흔적처럼 부드러운
축복의 모양새로 머물 수 있는 모든 위치에 노이즈를 내면서
찢어버릴 듯 서로의 머리칼을 움켜쥐어 두 남자가 이마를
맞대고 한쪽씩 겨드랑이와 팔을 엇갈린 채 두 혀를 섞고 있는데
축축해 구두 벗은 두 발을 의자에 올려두어 몸을 웅크린 그녀는
빛의 시선만을 그녀 대신 생각을 해주듯이.

검정 카우보이모자 쓴 남자아이의 뒷모습 벤치에 앉아 다리
떨면서 멀리 뭉개져 빛나는 상점가 불빛들 유리 통로 백화점
누드 엘리베이터 유모차 바퀴 소리. 향수 냄새 삼각형으로
모여 서서 화장 고치는 여자아이들 오버코트 입은 이성 연인
손잡고서 흰 장갑 수신호 주차 요원 레스토랑 창문가의 네온
장식. 카우보이모자 쓴 남자아이 왼편으로 고개 돌린 채 다리
떨면서 숨결마다 입김이 조금씩 다가오다 지나가버리는
사람들 쫓아보지 않으면서 한 방향만을 바라보고 있는 것으로
바라본다는 감각이 사라지도록 버스가 도착하고 흩어진
사람들의 얼굴 뿌옇게 뭉개진 불빛 초점 밖으로 소외된 채.
아빠 어깨 위로 목마 탄 아이 작은 두 손 흔들며 내려다보이는
사람들의 머리 가마 소용돌이처럼 젖은 분수대 바닥 묽게
흐르는 간판 조명 빈 유모차 아이가 덮었던 담요 상아색
쇼윈도 마네킹보다 높은 곳에서 머리칼 휘날리면 더 높은 곳
올려다보며 팔 뻗어도 닿지 않는 만국기 너머 시계탑 고고히
째깍째깍 간지러운 뒷머리 뚱뚱이 애드벌룬 분양 광고 천천히
멀어지며 미세하게 들어선 별 몇 번지듯 빛 흐르는 바닥을

그곳으로 이곳이

사람들은 고개 숙여 걸어가고 고개 든 사람들의 시선이 아이는
따라가볼 때마다 의아해 아이에게 닿을 수 없이 난간처럼
손잡고서 오버코트 입은 이성 연인 함께 아이를 올려다보고
미소 띤 얼굴을 내려다보며 인사하던 아이가 활짝 열린 문틈
뭉게뭉게 김 피어오르는 만두 가게 저편으로 시선을 되돌리다
두 사람은 얼굴 마주하면서 미끄러지듯 다시 각자의 전방을
손잡고서 두 방향의 광장 어울려 있는 무리들 테이크아웃
커피 잔 웃음소리 화장품 냄새 뱅글뱅글 호각 문 주차 요원
기지개 펴면 가지색 하늘 시커매진 흰 장갑 기침은 날카로워
모여 서 쇼핑백 든 무리의 분위기 호각을 불면서 선팅된
차를 배웅하며 허리 숙여 삼켜내는 기침이 테일 램프의
잔상대로, 만국기, 교차하는 엘리베이터, 노란 은행잎들의
모양. 전광판에서 게임 광고 렌더링 된 사람의 얼굴 목소리와
입술의 싱크가 어긋나 차원에 대하여 새로운 셋이 삼각형으로
모여 화장을 고치던 자리에 경비원이 비를 든 채 경비모를
얼굴이 가려지도록 눌러쓰고서 전광판에서 게임 광고 렌더링
된 사람의 얼굴 목소리와 입술의 싱크가 어긋나 세계에 대하여
전구 빛으로 나뒹구는 은행잎을 쓸어 담아도 주름진 경비원의
손은 환해지지 않고 쓰레받기 안에 모인 은행잎들 면과 선이
교차되어 이동하는 엘리베이터가 품어낸 그늘의 색으로 쇼핑백
든 무리들은 경비원을 정면이 아닌 곳으로 바라보고 지나가며
경비원의 크기를 잊으면서 거리를 채운 불빛들은 렌더링
된 사람들의 얼굴 새로운 옷을 입어본 모습을 떠올리면서
쇼핑백을 안고 걸을 때만 살아 있는 것 같아 잠시간이지만 새
옷이 든 쇼핑백의 손잡이 끈이 선명한 감각으로 손가락 마디를
파고들어 공기는 자세해지고 스쳐가는 사람들의 냄새 저녁이

실제인 것처럼 새 옷을 입고 나타나면 먼저 감지할 수 있을
시선 새 옷을 걸친 몸의 상상력을 되뇌며 내일이면 걸치게 될
새 옷이 담긴 쇼핑백을 들고 걸으면서 바람에 갈라지고 머리칼
느슨한 얼굴로 친구들의 대화에 뒤늦게 섞여들어 또다시
흩어지는 웃음, 각자의 동선 주위로 넓은 각도의 경적 소리가
들어서고 사라지며 휘발하는 각자의 표정 끝에서 뒤돌아보지
않아도 알 것 같은 검정 카우보이모자 쓴 남자아이 벤치에 앉아
왼편으로 고개 돌린 채 멀리 뭉개져 빛나는 상점가 행인들의
형체 물기에 반사되어 흐르듯이 얼굴이 검정 카우보이모자 쓴
남자아이에게 약속 없이 움직이는 풍경은 한 방향의 시선이
고정해낸 직선의 길 위로 가까워지지도 멀어지지도 않으면서
오래간 바라볼수록 무너지는 원근을 따라 반쯤 눈이 감긴
검정 카우보이모자 쓴 남자아이 눈을 감으면 어디에선가부터
다가오고 있을 누군가의 걸음걸이 감미할 수 있고 눈을 뜨면
여전히 다가오지 않는 누군가의 주변으로 흐린 불빛 눈을
감으면 어디인지 알 수 없이 어디에선가부터의 누군가를
품어낸 불빛 같은 비인칭의 형상들로 광장은 점멸하듯 조금씩
새카맣게 스스로 전체이면서 아무것도 아닌 기분으로 벤치에
앉아 조는 검정 카우보이모자 쓴 남자아이를 바라보는 눈발.

작가와의 만남을 마쳤다. 책이 출간된 지 약 1년 만이었고
처음이자 마지막 행사였다. 여섯 분쯤 오셨는데 감사했다.
귤이 두 개 놓아져 있었어. 금요일인데 전철에 사람이 없었다.
돌이켜보니 창밖에서 번개를 천천히 본 것 같다. 운전석에
앉아 차창을 꿰뚫고 들어온 철강 파이프에 얼굴이 관통되는
상상을 하지 않았다. 불 꺼진 호텔 라운지에 앉아 수면제

먹고 잠든 모습은 상상했다. 넓은 유리창으로 바다가 어둠과
갈라져 왔다. 바다가 사라진 이후 유리창 밖으로 끝없이 패여
있는 육지가 얇은 햇빛 사이로 무수히 솟아오르던 물방울들을
바라보는 꿈을 꿨다. 골목에서 강아지들은 꿈을 꾸며 자신의
성별을 알 수 있을까. 골목에서 골목들은 가끔 도쿄 같다.
명암의 결, 잡초들…. 햇살 스민 아파트 화단으로 말없이
걸어 들어가는 경비 아저씨를 보았다. 멀리서부터 둥근 어깨
위로 빛이 분할되어 지나가고, 화단에는 까만 길고양이 한
마리. 소우주라는 관념. **It's ok to listen to the gray
voice.** 슈퍼마켓에서 영어로 계산하고 싶을 때가 있다.
베란다 밖에는 고토 구의 바람, 창문을 조금 열어두어 부엌
식탁에서 어머니와 함께 밥을 먹었다. 마루로 노을이 이제는
많이 자라난 어머니의 머리칼을 물들이고 손가락 사이로 빠져
나가는 젓가락, 돌이켜보니 창밖에서 번개를 천천히 본 것
같다. 도시의 일부분이 재생된다. 불행할 시간조차 없이 술
취해 길가에 주저앉은 사람의 중얼거림으로부터. 한여름에
프리즘을 읽던 연인이 유원지에서 얼어 죽었다는 항의를 받은
적이 없다. 평양의 공동묘지에서 비트코인과 함께 유통되고
있다는 이야기를 들은 적 없다. 조명 많은 가구점의 자동문은
마법처럼 느껴지고 종종 성(性)을 모르게 꿈을 통과한다. 어릴
때, 두 무릎을 모아 앉아 골반보다 넓게 두 발을 벌리며 그네를
타다 놀림거리가 되었던 적부터 더 노골적으로 말끝마다
손목을 늘어뜨렸던 친구가 이지메당해 전학 갔을 때부터 죽은
누나라고 생각했다 침대 머리맡으로 슬며시 그녀가 누워온
것이 아니라 어느 성향이 그녀에게로 찾아가 몸을 빌린
것이라고, 한 번도 본 적 없는 몸으로 그녀와 대화하듯 걸어

다니며 기쁨은 늘 어지러워, 불안하거나 행복한 기분을 눈치챌
때마다 잠에서 깨어나 미사포를 벗겨내듯 얼굴을 쓸어내렸는데
죽은 누나가 없다는 사실을 처음부터 알고 있었지만 그랬다.
밤새 소름처럼 돋아난 적막 아래 손안에 남겨진 누군가의
얼굴, 조금의 축축함, 블라우스, 플리츠스커트, 오로라, 남성의
목소리가 들려오고 커튼을 젖혀보면 방콕 시에서

푸른 줄무늬 환자복을 입은 천사가 걸어온다.

골반과 손목을 흘리듯 자연스레 움직이며 돈이 부족해 저음
수술을 받지 못한 천사가 말해온다. 너무 많은 취향이 희망을
너무 가끔이게 하는지 몰라. 돌이켜보니 창밖에서 번개를
천천히 본 것 같다. 천천히, 찢어지던 밝음은 구름 속으로
되돌아가며 사람들의 말소리가 거꾸로, 전철이 후방으로
이동하고 술 취해 주저앉아 있던 사람이 일어나고 가로등이
꺼지고 거리에 건물 모양의 그늘이 생겨나고 가로수에게로 새
떼가 빨려 들어가고 노을이 환하게 분해되고 귤이 두 개 놓아져
있었어, 공중에서부터 바다가 출렁거리며 육지로 내려앉는다.
천천히, 무수한 물방울들, 눈이 떠지고 의자 등받이에 등이
기대어지고 실링 팬이 회전하고 새파래지는 조도, 시선 내리면
셔츠 소매 끝에서 조그맣게 줄어드는 손 목제 의자에 파묻히듯,
바다가 어둠을 물들인다.

그곳으로 이곳이

Yi에게,

Hola. An-nyeong. 오랜만이에요. 건강하신가요.
코엔지에서 돌아온 지 벌써 여덟 달이 다 되어가네요. 지금
헬싱키는 크리스마스 준비가 한창입니다. 레지던시 친구들에게
Yi의 이야기도 해줬어요. 도쿄의 커피 하우스에서 세르히오
피톨을 아는 한국인을 만났다니까 다들 놀라더군요. 혹여나
인종차별이라고 생각하지는 말아요, Yi도 내가 이나가키
타루호를 좋아한다고 말했을 때 놀랐으니까요.:) 은별과
유타카도 잘 지내나요? 함께 북 리뷰를 공유하는 페이지를
만들자고 했었는데, 다들 바쁜가 봐요. Juan과 Jaime는 잘
지냅니다. 저번 주에 보일러가 고장 나 얼어 죽을 뻔했지만
괜찮아요(하여간 멕시코인들이란!).
　　코엔지에 머문 건 겨우 3주였는데 저는 지금 아주
오랫동안 알아온 친구에게 편지를 쓰는 기분이 들어요. 조금
더 솔직하게 말하자면 실재하지 않는 사람에게 말을 거는
기분이에요. 그래도 모두 사실이겠죠. 미초아칸에 방치된 저의
할아버지 무덤에 심어드리기 위해 벚나무의 씨앗을 주우러
다녔던 일이나, 아사가야의 고서점들을 둘러보고 난 뒤 갑자기
길을 잃었던 일들이요. 골목에서 뜬금없이 인력거꾼이 나타나
우리가 쇼와 시대로 이동한 줄 알았었죠. 그 미친놈은 이름도
기억나질 않네요. 자기가 로장주 영화사 소속의 로케이션
매니저라던 프랑스인이요. 기껏 없는 재료를 모아 케사디야를
만들어줬더니 사케 한 잔에 취해 발가벗고 날뛰었죠. 불행히도
그가 불어로 내뱉는 음담패설을 저는 다 알아들을 수 있었어요.
일본 친구들의 초대로 다 함께 요요기 공원에 돗자리를 깔고

앉아 있을 때는 제가 만화책 속에 들어선 기분이 들었지요. 3층의 술집에서 창밖의 가라오케 간판을 보며 Jaime가 눈물을 흘렸을 때 Yi도 함께였죠? 사이렌 소리를 내며 새빨간 소방차들이 지나갔었죠. 도로의 하수 구멍이 꽃잎들에 꽉 막혀 있었고. 나중에 물어보니 Jaime는 그냥 빌 머레이가 나온 영화를 생각하고 있었다네요.

그러고 보니 다음 분기 레지던시 신청자 명단에 Yi의 이름이 없더군요. 혹시 무슨 일이 생긴 건가요? 이제 뉴스에서 한국이나 일본의 소식이 들려오면 집중하게 돼요. 그건 마치 이곳의 제가 동시에 다른 곳에도 있는 저 자신의 안부를 겪는 것처럼 느껴집니다. 약속하지 않아도 매일 아침마다 킷사텐에서 만나 커피 잔에 각설탕을 집어넣으며 우리는 미친 사람들에 대해 이야기했었죠. 지가사키 해변이나 구니타치 공터에서도 볼 수 있었던, 이제는 너무 많아져 도무지 분간할 수 없게 된 사람들에 대해서요. 사랑받기를 독차지하고 싶어 미친 사람들. 어깨 위로 추도문 같은 얼굴만을 남겨둔 채 키타 도오리를 걸어가는 사람들을 지나치며 우리는 차마 서로의 얼굴을 확인하지 않았었지요. 다만 우리가 떠나온 곳으로부터 각자의 자리를 기록해 엮어보자고, 야구복 입은 아이들이 자전거 타고 무리 지어 사라지는 길모퉁이에 멈춰 서서, 커다란 모자 탓에 앞을 제대로 보지 못하는 맨 후미의 아이까지 마침내 지나가길 기다리며 이야기했지요.

이미 논의했다시피 저는 헬싱키로 돌아오자마자 Yi와 저의 프로젝트에 참여할 또 한 명의 작가를 찾았습니다. Apinya는 저희 레지던시에 참가했던 태국의 다큐멘터리 감독이에요. 저는 그녀의 논바이너리 관련 전시 준비를 돕고 프로모션 비디오를 제작하기 위해 보름가량 그녀와 하루 종일 붙어 지내며 많은 의견을 나눴는데요. 결국 우리는 우리 각자의 고향에서 모국어로 몇 문장씩 번갈아 적는 형태의 글을 써보고 싶어졌습니다. 그러니까 이 메일에 첨부된 원고는 멕시코시티와 방콕 사이를 수없이 오가며 완성한 문장들을 각자 다시 영어로 번역한 거예요. 어쩌면 Yi가 원하던 형태가 아닐지도 모르지만. 아마 한국에서는 조만간 발표되겠죠? 책이 나오면 꼭 보내주세요. 마찬가지로 Yi가 보내줄 원고 또한 저희 각자의 방식대로 엮어 헬싱키와 방콕에서 내년 초에 출판할 예정이니, 어디가 됐든 셋이 직접 모여서 교환하는 게 가장 좋을 것 같아요(Apinya도 티를 내진 않지만 무척 들떠 있습니다).

도쿄가 생각날 때마다 태워보기 위해 킷사텐에서 가져온 성냥도 이제 얼마 남지 않았네요. 역시 그때의 향은 나지 않지만 그때를 떠올릴 수는 있습니다. 희미해지면 희미해지는 대로 좋긴 하겠지만 완전히 꺼져 사라질까 겁나기도 하네요. 우리는 지금의 세계를 그렇게 받아들였었죠. 앞으로 어떤 밝기를 갖게 될지 모르겠으나 저는 적어도 이 원고가 훗날의 과거 속에서 희미하게나마 부드럽게 불타고 있다면 좋겠어요. 그럼 셋이 세 곳의 책을 들고 모이는 그 날까지 건강하세요!

헬싱키에서, 2016년 11월 5일
Benito

그곳으로 이곳이

Apinya Wangsiripaisarn

Benito Malpica

그들은 정글짐에서 내려오는 아이들. 보모의 미소를 본 게 얼마만인지 모르겠다. 저공비행하는 비닐봉지. Lav가 처음으로 3점 슛을 성공했다. 농구 코트 계단에서 얼굴이 따가웠다. 그들은 판초를 걸친 스킨헤드. 낙태 금지법 반대 피켓을 든 여성들과 함께 걸었다. 멋진 구호 멋진 21세기. 그들은 이사 트럭의 운전기사. 나무 아래에 숨어 담배를 피웠다. 머리 위로 나뭇잎 비 젖는 소리. 그들은 서로에게 살짝 기대 걷는 중년의 여인들. 양산 아래 빛이 미끄러지는 여인들의 어깨. 마데로 거리의 벤치에 앉아 책 몇 권을 이곳저곳 조금씩 번갈아 읽었다. "옛 삶이 그것으로 연속됨을 느끼고, 그러한 연속성의 느낌은 결코 새로움의 동시적 느낌을 거스르지 않는다." 미키 앤드 니키 포스터가 걸린 이발소에서 Jimo와 함께 와인 잔에 맥주를 따라 마셨다. 미국인들은 타코에 환장한다. 캐나다는 미국과 어떻게 다를까. 그들은 커피숍에 줄 선 여행객들. 우리는 Apichatpong을 좋아하지도 싫어하지도 않지만 BACC 앞에서 그가 잘난 척하며 나오길 기다렸다. Haden은 늘 숙소에서 웃옷을 벗은 채로 취해 있다. 어김없이 Babyfather 비트에 맞춰 토. 올해 롤러블레이드가 다시 유행할 거라 했지만 그렇지 않았다. 그들은 승용차 창문 밖으로 얼굴을 내민 강아지들. 오랜만에 드론을 띄워보았다. 주말마다 성당에 가 고해성사 하는 어머니. 우연히 아베마리아를 들을 때마다 가까운 누군가 죽었다. "어떤 신체가 어디서 시작되고 어디서 외부의 자연이 끝나는지 정할 수 없다." 새벽 두 시, Jenjira가 울면서 전화해왔다. 전화를 끊고 나도 울면서 잠들었다. 그들은 옥상에서 거리를 내려다보지 않는 선의의 겁쟁이들. 빵집 앞에서 길 건너 장화 신은 아이를 바라보고

그곳으로 이곳이

있었는데 아이가 나에게 먼저 인사해줬다. 아이들의 속눈썹은
몇 살 때부터 줄어드는 걸까. ebook에 익숙해져 할 텐데 쉽지
않다. 마술적 리얼리즘이라는 용어를 남미 작가들의 손으로
폐기해버린 것만큼은 자랑스럽다. 그들은 부스에서 졸고 있는
DJ들. 도로의 버거킹 간판을 올려다볼 때면 행복함과
불행함이 동시에 스며든다. 너는 너에게로 많은 것들이 너무
늦을 것 같다고 예감했다. 세븐일레븐 주차장에 주차된 산악용
자전거 두 대. Daniel과 그의 독일 친구들이 주최한 파티에
초대받았다. 그들은 눈 오는 날 꺼져 있는 텔레비전. 소파에서
잠든 너의 손을 놓고 조용히 일어났다. 아직도 스냅백을 쓰고
다니는 멕시코 남자들이 NBA 중계를 감상한다. 오늘도
우리의 Efrain은 공부하는 척에 심취해 있다. "기술적 대상의
중개를 통해서 개체초월성의 모델인 인간 사이의 관계가
창조된다." Jenjira와 함께 이불을 세탁했다. 수큐윗을 걸으며
Jenjira는 가끔 넋을 놓았는데 그 순간을 방해하지 않았다.
그들은 고장 나 깜빡이는 전구. 냉장고가 고장 났지만 넣어둔
음식이 없었다. 이 모임에서 힐러리와 트럼프의 배당률은 9:1.
Haden과 LFM의 교정을 걸었다. Haden과 낮에 산책한 건
5년 만이다. 우리는 필드하키 부원들이 스트레칭 하는 모습을
구경하면서 벤치에 앉아 실직 수당 따위에 대해 이야기했다.
Haden이 이야기 중간중간 눈을 감고 고개를 주억거렸다.
그는 청둥오리가 그려진 후디를 입고 있었다. 그들은 밤 길가에
멈춰 서 있는 아이스크림 트럭. Daniel의 친구들은
베를린으로 돌아가고 싶지 않다고 말했다. 누군가 폭죽을 몇
박스씩이나 훔쳐와 옥상에서 불꽃놀이를 했다. 건축학도라던
남자가 방콕의 건물들이 지닌 아름다움에 대해 상찬을

내놓다가 나에게 키스해도 되는지 물었다. 내가 거절하자 사실 자기는 소아 성애자라며 토마스 만처럼 흐느꼈다. "어윈은 작품을 벽에서 떼 공간 안으로 옮기기로 했다." 아파트를 나와 너에게 전화하며 옥상 높이 쏟아지는 불꽃들을 올려다봤다. 우리는 바스콘셀루스 도서관 로비에서 마주쳤다. Pedro가 드디어 차풀테펙 성에서 개인전을 열 기회를 얻었다는 소식을 들었다. Pedro는 그곳에서 아버지의 시신에 칼을 꽂아 넣고 분신자살할 예정이다. 그들은 한꺼번에 솟아오르는 비둘기 떼. 사원에 들러 공양을 올렸다. 공터에서 여인들이 배드민턴 치고 있었다. 죽은 왕들이 지켜보고 있다는 기분이 들었다. 어쩌면 그들이 배드민턴 채로 환생한 걸지도 모른다. Efrain은 개념과 형식 1호를 읽으며 이발소 의자에 앉아 있고 Jimo는 Efrain 몰래 그의 뒤통수에 남자 성기 모양의 땜빵을 만들었다. 가끔 상하이에서 태어나 중국어를 구사하는 고다르를 상상해보곤 한다. 그들은 유리창에 비스듬히 스며드는 햇빛. 외국인 여행객들은 끔찍할 정도로 거만하다. Fuck you McOndo. 맥도날드 만세. 중년 남자 셋이 바지 주머니에 손을 넣고 걸어간다. 너는 세면대 앞에 서서 두 손에 담긴 물을 더 감당할 수 없다고 생각한다. 안경점에서 고등학교 동창인 Warangkana를 만났다. 그녀가 내 시력검사를 진행했다. 나비와 숫자. 그녀에게 여행 가이드 일을 하고 있다고 거짓말했다. 그녀는 남자 친구가 상의 없이 성전환 수술을 했다며 그건 이기적인 일이 아니냐고 나에게 물어왔다. 나는 동의할 수 없었지만 대충 고개를 끄덕이고 나왔다. 길가의 공중전화에서 러닝셔츠를 입은 이산 남자가 수화기 선을 배배 꼬며 통화하고 있었다. 다시 돌아가 나의 진짜 의견을 말하려

그곳으로 이곳이

했는데 그녀가 안경 진열대에 고개를 파묻은 채 울고 있었다. 수위 아저씨는 사람을 마주할 때마다 늘 허리를 숙여 지나간다. "I am one with the people (real) — Kanye West." 운동화 끈을 묶다가 지갑을 주웠다. 멕시코시티의 빨간 우체통을 믿을 수 없다. 그들은 연보라색으로 물들인 머리칼. 하이킹에 앞서 필요한 준비물: 물, 마리화나, 아이폰. Lav에게 또 거식증 증상이 나타난다. Jimo 그리고 그의 두 딸 Mari, Becky와 함께 Lalo에서 점심 식사. Jimo가 이야기를 시작하려 할 때마다 아이들이 사건을 일으켰고 그는 결국 대화를 포기하고선 식사 내내 그녀들을 수습해야 했다. 우리가 커피를 마실 때, 장난감으로 비눗방울을 만들어내는 그녀들에게 종업원이 에그 타르트를 서비스로 줬다. "이 소외는, 노동 도구들 사이의 소유나 비-소유의 관계 맺음으로부터만 야기되는 것이 아니다. 소유의 사법적이고 경제적인 그 관계 맺음 아래에는 여전히 더 근본적이고 더 본질적인 관계 맺음이, 즉 인간 개체와 기술적 개체 사이의 연속성의 관계 맺음, 또는 그 두 존재자들 사이의 불연속성의 관계 맺음이 존재한다." 그들은 침대에 누워 잠든 척하는 연인들. Daniel이 베를린으로 돌아갔다. 하나의 교향악적 억양이 사라지는 일. Jenjira에게 좋아하는 사람이 생긴 것 같다. Jenjira와 Summer Dress의 공연에 갔다가 중간에 나왔다. 야시장의 플라스틱 의자에 앉아 Jenjira가 담배를 꺼냈다. 우리에게로 미래가 지나가버렸다. 하루 종일 가리발디 광장을 걸어 다니며 사람들을 구경했다. 동양인들 가방에 묶인 노란 리본이 눈에 띄었다. 그들은 반다나 위에 얹어진 모자. Efrain이 인류 역사상 최악의 핫케이크를 만드는 데

성공했다. 그건 마치 과달루페 성당 위에 토를 한 다음 그걸 밟고 자빠진 트럼프의 얼굴로 으깬 모양새였다. Angela는 먹고 토했다. 오랜만에 비가 와서 촬영했다. 그것이 유일한 자연의 시선인 것처럼. 너는 몸에 커튼을 휘감고 베란다에 서 있다. 흐려진 사물들. 젖어 내리는 농구 골대. 그들은 100살 넘은 비술나무의 가지. Dago를 만나기 위해 차를 빌려 푸에블라에 갔다. 요양원의 가장 안쪽 병실에서 Katie가 누워 있는 형 옆에 서 있었다. 나는 Fondo Editorial Tierra Adentro가 형에게 보내온 편지를 읽어줬다. 휴게실의 스낵 자판기 옆 테이블에 앉아 Katie에게 반려된 형의 원고를 돌려줬다. 그녀는 요새 Dago가 불어로 꿈을 꾼다고 이야기해줬다. Jenjira가 데려온 남자 친구는 아난다사마콤 궁전의 야간 경비원이다. 그는 새벽에 아주 가끔 UFO로 의심되는 비행 물체를 볼 수 있다고 말했다. 그가 근무할 때 놀러오면 밤의 궁전을 구경시켜줄 수 있고, 1000바트를 주면 촬영도 허락해준다고 했다. 다른 건 모르겠지만 Jenjira가 행복했으면 좋겠다. 그들은 처음 만난 아이들끼리의 속삭임. 형이 서 있고 내가 누워 있는 꿈을 꿨다. 열린 창문 밖으로 형이 소총을 든 프랑스군들과 함께 푸에블라의 밤하늘을 낙하하고 있었다. 여전히 어둠 속에서 형은 누워 있고 형의 가슴팍에서 고름 냄새가 났다. Lav는 다시 입원했다. 점호가 끝난 밤마다 그의 입술을 벌렸던 선임 병사들은 아무 벌도 받지 않고 있다. 미용실에 들러 내 머리카락이 잘려 나가는 모습을 촬영했다. 주와프스키 영화를 보고 나오는 길에 국립극장 아치 아래에 떨어져 있는 되새를 주웠다. 그 순간 손안의 떨림에 부여되어오는 모든 의미들을 지우기 위해 애썼다.

"Sometimes I feel like I'm a god but I'm not a god — Frank Ocean." 그들은 눈꼬리를 훑어내는 손끝의 미세함. Pedro가 갱단에게 살해당한 대학생들의 시신을 모으고 있다는 이야기를 들었다. Angela는 남학생들이 그녀를 대상으로 만들어낸 악의적인 소문 탓에 교장에게 해고당했다. Efrain은 그답게 다분히 형이상학적인 이야기들로 그녀를 위로해주려 했으나 조금도 도움이 되지 않았다. Angela에게 필요한 건 위로가 아니라 복수라고 Haden이 말했다. 모처럼 우리는 Haden의 말에 고개를 끄덕였다. 아침 일찍 보트에 앉아 노를 저었다. 가까워질수록 멀어지는 안개 속에서 새들의 움직임을 느낄 수 있었다. 어쩌면 다른 곳의 존재들. 그들은 각도가 없는 하늘. 81번가의 레스토랑 TV에서 애송이처럼 젊은 시절의 제프 브리지스가 나오고 있다. 솜털 난 제프 브리지스가 스테이시 키치와 말다툼한다. Herring Publishers의 편집자는 영화가 끝날 때까지 약속 장소에 나타나지 않았다. 룸피니 공원에 도착하자마자, 에어로빅 하는 이들을 촬영했다. 애플 크럼블이 생각나서 카사 라핀으로 가는 길에 한국인 관광객들이 나를 위아래로 흘겨봤다. 한국의 중년 남성들은 지구상에서 가장 무례하다. 그자들의 눈빛이 스치기만 해도 몸에 곰팡이가 피는 것 같고 구역질이 난다. 그들은 A$AP YAM의 $. Lav에게서 연락이 오지 않는다. 낮에 은빛 비가 내렸고 Korakrit의 도록을 읽다 잠들었다. Jimo가 오토바이를 처분하기로 해서 그의 마지막 주행에 함께했다. 뒷자리에 앉아 양손을 뒷짐 져 탠덤 손잡이를 잡고선, 좁은 도로로 보행자들이 쏟아져나오는 다운타운을 통과해 정상 언저리에 만년설이 쌓여 있는

시난테카틀 화산을 올랐다. Lav가 성공했던 지점에서
농구공을 던져봤다. 우리는 우리가 지금보다 훨씬 어렸을
때처럼 호수에 들어가지는 않았고, 오토바이를 세워둔 채
새까맣게 변색된 돌들이 가득한 호수 주위를 조금 걸었다.
Jimo는 유치원에서 돌아온 두 딸과 뉴스를 보며 진보적인
관점에서 이야기해주기 위해 노력하지만 자신은 보수가
되어가고 있는 것 같다고 말했다. 그는 이제 갈등하고 나아가는
일의 치열함 그리고 어떤 사안에 대해 생각하는 일조차 너무
지친다고, 또래보다 일찍 결혼한 시민으로서 보수로의 유혹이
가끔씩 찾아오긴 했지만 한 번도 굴하지 않았는데 이제는 정말
모든 것들이 너무나 피곤하다고 고백했다. 하루 종일 웃는
Jenjira는 정말 사랑에 빠진 것 같다. 나는 그를 호수에
밀어버린다거나 전혀 그러고 싶지 않았으며 우리는 나중에
가족들을 전부 데리고 헬싱키나 도쿄로 놀러 가자고 내가
안내하겠다는 이야기 따위를 했다. 구두를 고치고 집에
돌아오니 Lav가 음성 메시지를 남겨두었다. 화산 아래의
레스토랑에서 바이크족들에게 둘러싸인 채 테킬라 몇 잔과
엠파나다를 먹고 돌아왔다. 그들은 non에 맺혀 있다 떨어지는
물방울. 랍짱을 타고 아난다사마콤 궁전에 도착했을 때
Jenjira가 그녀의 남자 친구 그리고 그의 동료 경비원과 함께
나를 맞아줬다. 손전등 두 개를 켜고 넷이 궁전을 돌았다.
"사이보그 정치는 언어에 대한 투쟁이며, 완전한 의사소통에
대항하는 투쟁이자, 남근 중심주의의 교리에 대항하는
투쟁이다." 에스파냐 공원의 어린이 놀이터에 혼자 앉아 있는
Angela의 뒷모습을 보았다. 나무가 바람에 흔들리면 그녀
위로 빛이 잘게 부서졌다. Jenjira는 그녀의 남자 친구가

손전등으로 돔에 그려진 벽화들을 비출 때마다 소리를
지르다가 결국 스스로 손으로 입을 틀어막고 다녔다. 중앙 돔에
다다라서 우리는 둘씩 나뉘어 움직이기로 했는데 당연히 나는
그의 동료 경비원과 동행했다. 강아지를 껴안고 잠들어 있는
어머니. 그와 둘이 다닌 지 10분도 안 돼서 그가 동성애자이며
동료이자 Jenjira의 남자 친구를 사랑하고 있다는 걸 알 수
있었다. 그가 나에게 자신은 귀신을 볼 수 있다고 말해와 지금
여기에서도 보이냐고 묻자 이곳의 이들은 오래전부터 다들
아기처럼 잠들어 있다고 했다. 우리 넷은 3층에 다시 모여
말없이 창밖의 정원을 내려다보았다. UFO가 지나갔다.
그들은 수영장에 놀러 가는 스쿨버스. 내가 아는 사람들 중
누가 가장 먼저 죽을지 생각해본다. 죽음을 다룬 서사가 너무나
많기 때문에 누가 가장 먼저 죽어도 자연스러워 보였다. 나는
말이 없어지겠지. Haden이 그가 수석 바이올리니스트로
소속됐던 바르셀로나 심포니의 순회공연에 초대받아 함께
갔다. 말러 교향곡. 나이키 후디를 입은 Haden은 하품을 하다
잠들었다. 그가 가끔 발끝을 살짝 들었다 놓는 걸 느낄 수
있었다. 그가 정말로 잠들어 있었던 건지 아닌지는 알 수
없었다. 국왕이 서거했다. 검은색 원피스로 갈아입고 소파에
누워 Lav의 음성 메시지를 들었다. 그들은 은은한 나이트
테이블. 너는 혼자 잠들어 있다. 검은 물결. 보모가 좋아했던
블랙커피. 농구 코트의 그림자. Herring Publishers의
편집자는 요새 중남미의 젊은 작가들이 온통 자살 미수로
시작하는 소설을 쓰고 있다고 말했다. 카페 토스카노의 야외
테이블에 앉아 냅킨으로 입가를 닦고 일어난 그는 끝까지
Dago의 원고에 대해 이야기하지 않았다. Lav가 잠들어 있는

모습, Jenjira가 잠들어 있는 모습, 젊은 경비원들이 잠들어
있는 모습, Daniel과 독일인들이 잠들어 있는 모습,
Warangkana가 잠들어 있는 모습, 국왕이 잠들어 있는
모습, 밤. 그들은 유성우 이후의 언덕. Efrain이 이발소에 VR
기기를 갖고 왔다. 우리는 오랜만에 소리 지르고 욕하고
웃었다. Efrain은 두 번 다시 책을 펼치지 않을 것 같다.
나콘빠톰에 위치한 고무 공장에서 프로젝터를 켜놓고 제작
중간 상영회를 가졌다. 다들 검은 옷을 입고 참석했다.
가편집된 20분짜리 영상을 다 보고 나서 세 번 정도
질의응답을 했다. 내레이션이나 인터뷰가 필요하다는 지적에
이 시선의 주체가 자연이기 때문에 그럴 수 없다고 대답했지만
관계자들은 만족스러워하지 않았다. 나 또한 내 대답이
만족스럽지 않았다. 그들은 복잡하지 않게 묶인 목도리.
Pedro의 개인전이 다가오고 있다. 헬싱키로 돌아가야 할
시간도 얼마 남지 않았다. Dago를 한 번 더 보고 올까 싶지만
전해줄 이야기가 없다. 또 비, 내 눈높이보다 조금 높게 벽 위를
걷는 고양이에게서 수영장 냄새가 난다. 식료품점 아주머니와
담배 피웠다. 아들이 어제 또 무에타이 시합에서 졌다고 했다.
그를 본 적은 없다. 얼굴에 멍이 든 채 카오산 어딘가에서
국수를 먹고 있을 것이다. "요컨대 이 대륙은 거의 모든
부분에서 이행 영역에 속해 있다고 말할 수 있다. 하나의
신에서 다른 신으로, 하나의 성에서 다른 성으로. 그 결과
성스러움은 어디에나 널려 있다." 그들은 얼굴을 스치는 미러볼
자국. Efrain은 잘 때도 VR을 끼고 있다. 그를 지켜보던
Angela가 나에게 헬싱키에 가고 싶다고 말해왔다. 나는
그녀가 그곳에서 에스파냐어 강사로 지내는 모습을 상상했다.

그곳으로 이곳이

문제없을 것 같다. 병원에 갔는데 Lav가 만나주지 않았다. 병원의 정원을 한 시간 동안 걸었다. 나를 향하는 시선이 느껴지면 곧장 병원을 올려다봤지만 Lav는 보이지 않았다. 전철을 타고 돌아오다 창에 비친 내 얼굴을 봤다. 지난 시대의 얼굴이 지나간다. 그들은 날벌레 위로 보이는 구름. 상복을 입고 수쿰윗 지하의 비밀 펍에서 Jenjira와 노래 불렀다. 까타이들이 박수와 환호성 보내줬다. 취했다. 우리 머리 위의 길가에선 국왕을 기리는 애도 행렬이 이어지고 있었다. 소칼로 광장을 지나는 버스에 앉아 있는데 누군가 아는 척해왔다. 그는 12년 전에 내 자전거를 훔쳤다며 나와 마주하는 좌석에 앉았다. 우리가 서로의 기억을 맞춰갈 동안 한 소년이 반도네온을 들고 버스에 올라타 연주했다. 그 후에는 토레 라티노아메리카나의 공중 레스토랑에서 지도 교수였던 Nicolas를 만나 식사했다. 하늘, 도시, 비행기. 사람들은 알게 모르게 삶의 모든 것들을 기억하고 있다. 그들은 나무 아래에 뒤집힌 목장갑. 다큐멘터리 작업이 막혀서 자전거를 끌고 프라나콘으로 나가 커피 마셨다. 돈이 부족해서 케이크는 주문하지 않았다. 교복 입은 학생들의 얼굴 위로 햇빛과 나뭇가지의 그늘이 번갈아 드리웠다. 학생들 가방에 매달려 흔들리는 인형. 우선 기다려보자. 어디론가 달려가는 Pedro를 보았다. 도망치는 것처럼 보였다. 아이들을 데리러 유치원에 간 Jimo를 대신해 이발소를 지키고 있다. VR 고글을 끼고 3D로 구성된 산타모니카의 유원지를 돌아다니다 대관람차를 탔다. 그들은 비니 뒤에 디플로마체로 적힌 글자. 다이세쓰산에 눈이 내리는 영상을 본다. 드론으로 촬영해서 천천히 흩어지는 눈을 공중에서부터 무수한 각도로 담아낼 수 있었다. 고개를 조금만

돌리면 베란다 밖으로 야자수가 보이고, 그 사이로 태국어의 발음들. Efrain이 체포됐다. 그는 그동안 Angela에 대해 악의적인 소문을 냈던 남학생들을 한 명씩 찾아가 차마 밝힐 수 없는 폭력을 가했는데 곧 자기 차례가 올 거라 직감한 다섯 번째 학생이 연방 형사들과 함께 그를 기다리고 있었다. "눈이 인지할 수 없고, 발이 느낄 수 없을 정도로까지 도로가 휘지 않도록, 사람들은 열차의 터널을 만들기 위해 그랬던 것처럼, 자연 지형에 돌파수를 뚫는다." 그들은 교회의 십자가를 올려다보는 의자들. 밤에 Food 들으며 룸피니 공원을 뛰었다. 밤보다 짙게 잠긴 식물들이 비밀스레 뒤척일 때마다 차가워지는 공기가 좋았다. 어느 순간부터 달리면서 가로등을 세어보게 됐는데 결국엔 집으로 돌아가 샤워할 생각만을 하게 됐다. 숙소로 돌아오니 Haden이 소파에 똑바로 앉아 있었다. 아무 소리도 없이 그의 뒷모습이 거실을 넘쳐 창밖으로까지 흘러내리는 것 같았다. 그들은 불 꺼진 복도. 이발소 의자에 앉아 아이폰 게임 하는 Mary와 Becky. 그녀들이 메트로폴리탄 성당에서 세례받을 때, Jimo와 Adriana의 머리 위를 스쳐 아이들의 눈앞을 지나가던 빛 한 줄기를 기억한다. 어쩌면 내가 세례받을 때 어머니 품에 안겨 보았던 것일지도 모른다. Jenjira와 그녀의 야간 경비원을 오락실에서 만났다. 스무 살 이후로 오락실은 처음이었다. 우리는 VR 고글을 끼고 좀비들을 총으로 쏴 죽이거나 토요타를 타고 산타모니카 해변을 돌아다녔다. 민주기념탑 앞에서 함께 궁전을 돌았던 경비원이 합류했다. 그의 안내로 마하칸 요새 근처의 주택촌이 철거되는 모습을 볼 수 있었다. 주민들이 포크레인 앞에서 소리 질렀고 야간 경비원들이 요새 UFO가

그곳으로 이곳이

보이지 않는다고 말했다. 그들은 접혀 있어도 다시 펼쳐보지
않는 쪽. Nicolas의 입김이 닿은 모양인지 Premio
Alfaguara de Novela에게서 연락이 와 Dago의 원고를
들고 찾아갔다. 링컨 공원 앞의 타이 식당에 도착하자 편집자가
원고도 읽지 않고 계약서를 내밀기에, 나는 일주일만 시간을
달라고 했다. 오랜만이라서 그런지 타이 요리는 맛있었다.
"이것은 사변적-실용적 사실이며, 과정 속에서 영원히 자신을
재규정한다. 사실은 한정성이다." 너는 샤워기 아래 서서 책을
속삭인다. 너는 밤의 산호. 너는 저녁의 얼굴들. 책상 의자에
앉아 농구공을 튕겨보다 놓쳤다. 받침대가 닳아 균형 무너진
식탁 다리 사이로 굴러가는 농구공. 판유리창에 번져오르는
오토바이 불빛 속에서 서로 얼굴을 마주하고 있는 Jenjira와
그녀의 남자 친구를 떠올렸다. 그녀의 남자 친구와 남자 친구의
동료 경비원이 똑같은 곳에서 똑같은 자세를 한 모습도
떠올랐다. 그들은 구겨진 목각 별. Katie에게 전화해서
Dago의 계약에 대해 이야기했다. 그녀는 우리 형제가 성인의
모습으로 정글짐에 오르는 꿈을 꿨다고 했다. 나는 헬싱키로
돌아가기 전에 형에게 한 번 더 들르겠다고 했다. VR 카메라를
알아보러 판팁에 갔다가 나온 김에 엠포리움에도 들렀다.
KENZO 매장을 둘러보며 이 나이 때 입어야 가장 아름다울
옷들을 한 번도 입지 못했음이 슬펐다. 그들은 성당 계단을
내려가는 발소리. 아침부터 Pedro의 전시 오프닝에 찾아갔다.
입장 시간을 기다리기 위해 차풀페텍 공원에 모여 있는 젊은
사람들의 눈빛이 긴장되어 있었고, 우리들의 기다림을
내려다보듯 성에 걸린 멕시코 국기가 더러운 미래처럼
나부꼈다. 입장 시간을 알리는 종소리와 함께 성의 문이

열리자, 목에 와이어가 묶인 흰 말 한 마리가 튀어나와 공원의
정중앙을 미친 듯이 가로지르며 뛰어가더니 결국 팽팽해진 줄
탓에 목이 잘려나갔다. 말은 머리 없이 조금 더 달리다 목 위로
피를 뿜어내며 자빠졌다. 낮에 공양을 드리러 가는 길에
택시에서 담배 피우다 울었다. 화장이 다 흘러내렸는데 아무리
생각해봐도 정확한 원인이 떠오르지 않아서 멈출 수 없었다.
햇살을 피해 눈을 부비며 눈알부터 얼굴 전부를 몽땅
벗겨버리고 싶었고 택시에서 내릴 때 기사가 돈을 받지 않았다.
기사는 대신 나에게 자살하지 말아달라고 부탁했다. 전시
자체는 평이했다. 성의 내부 벽면에 온통 하얀 천을 쳐놓고
환자 명찰이 붙은 병원 침대 마흔네 개를 갖다 놓았다.
침대에는 환자복 입은 이들이 누워 자거나 앉아 있거나 책을
읽거나 수음하고 있었는데 거의 실제 사람과 똑같이 제작된
밀랍 인형이었다. 한 바퀴를 다 돌 때쯤 불이 꺼지고 미리
나눠준 고글을 쓰니, 화면에 나타난 내 두 손이 칼과 총을 들고
침대 위 환자들을 살해하고 있었다. 공양을 포기하고 타띠안
선착장에 갔다. 멍청히 각도를 바꿔가며 강가를 선회하는
새들을 올려다보았다. 자연스러움. 갑자기 모든 일들이
평범해지고, 날아다니는 새들의 시점으로 홋카이도의
다이세쓰산이 보였다. 영원처럼 확률 없이 무수히 쏟아지는 눈.
나는 내 시대에 존재하지 않았다. 다시 조명이 켜지고 고글을
벗으니 침대 위에는 우리의 손에 살해당한 시신들이 올라가
있었다. 실제 시신인지 밀랍 인형인지 확인할 용기가 나지
않았다. 그중 한 구는 완전히 새카맣게 불태워져 있었는데
명찰에 Pedro라 적혀 있었다. 그들은 동시에 다른 그림을
그리는 왼손과 오른손. 어머니의 집에서 어머니와 점심

식사했다. 내가 태어날 적부터 보아온 식탁에 마주 앉아
어머니는 최근에 TV에서 본 미시간호에 대해 이야기했다.
여느 때처럼 정오의 빛이 타탄체크 커튼을 통과해 투명한
물병을 지나 엔칠라다가 담긴 유리그릇 위로 드리웠다. 그리고
어디에선가 나타난 하얀 먼지들. 가보고 싶냐고 물어보니
어머니는 이미 가본 것 같다고 대답하셨다. 시암 극장의
복도에서 손잡고 걸어가는 야간 경비원들을 봤다. 붙잡지
않았다. 착각일지도 모르고 내가 끼어들 일이 아닐지도 모르고
귀찮은 것일지도 모르고 마음 깊숙한 곳에서 내가 Jenjira를
질투하고 있는 것일지도 몰랐다. 장바구니를 든 채, 현관문을
열고 들어오니 새로운 음성 메시지가 남겨져 있다는 안내
멘트가 들려왔다. 그들은 베개가 놓인 침대. Angela는 네가
괜찮다면 헬싱키에 가는 일을 조금 미루고 싶다고 말했다.
언제든지, 라 대답했지만 그녀는 결국 오지 않을 것 같다.
우리가 부엌에서 Angela의 아버지에게 전수받은 비법의
북경식 케사디야를 만들고 있을 동안, 슈트 차림의 Haden이
돌아왔다. 그는 그의 행방을 밝히지 않았다. 곧 Jimo가 두
딸의 손을 잡고 도착했고, 우리는 내가 헬싱키로 돌아가기 전
마지막 저녁 시간을 함께 보냈다. 오랜만에 사설 수영장에서
수영했다. 배영하면 유리 천장에 맺혀 조금씩 움직이는
빗방울을 볼 수 있었다. 샤워 수건으로 얼굴을 훔치고 나니 눈
주위로 물안경 자국이 붉었다. 오후에 비가 와서인지 농구
코트에는 아무도 없었다. 집에 가면서 평소보다 조금 더 세게,
나 스스로가 의식할 수 있을 정도로 어깨도 펴고 걸었다.
그들은 병문안을 가는 길. Katie는 사실 Dago의 원고를
읽어보지 않았다고 했다. 나 또한 읽지 않았다고 고백했다.

이유는 다를 수도 있고 같을 수도 있다. 다르지만 같은 지점이
있을 수도 있고 같지만 다른 지점이 있을 수도 있다. 여하튼 둘
다 계약서에 사인하기로 했다. 그녀는 그르노블로 돌아가
박사과정을 마저 마치고 싶어 했다. Katie와 Dago는
그곳에서 처음 만났다. 레지스탕스 문학 세미나를 마치고
저항군 기념관을 나오는 길에. 새벽까지 술에 취한 둘은, 가끔
마트에서 카트를 훔쳐 서로를 번갈아 태우고 아무도 없는
길거리를 달렸을 것이다. 우리는 잘 정돈된 잔디 위로
스프링클러가 돌아가는 마당을 걸으며 요양원 건물 너머로
보이는 포포카테페틀산과 그르노블의 베르코르 산의 형상성에
대해 이야기했다. Jenjira는 울지 않았다. 나는 그녀가 울지
않으리라 예상했던가? 그녀는 카페에서 키우는 아키타 견이
그녀의 냄새에 익숙해질 때까지 손등을 내어주며, 아직도
자신의 몸 안에 잘생긴 남성이 남아 있는지도 모른다고, 얘 좀
봐. Jenjira가 그녀의 품 안으로 고개를 파고들어 눈 감는
강아지를 껴안았다. 그녀는 내년에 스웨덴으로 가 자궁
이식수술을 받을 예정이다. 그들은 조금 열어둔 문틈으로
보이는 회오리. 휴게실의 녹색 공중전화기가 울린 것 같다.
엄지와 검지 끝으로 종이비행기를 살짝 쥔 Haden이,
아름다운 곡선을 그리며 Mari와 Becky의 눈앞을 선회하던
비행기를 천천히 물컵 속으로 침몰시키던 모습이 생각났다.
문밖을 지나가는 간병인들의 그림자가 거대했다. 어느 날 새벽,
성당 안을 돌아다니던 새끼 고양이의 갸릉갸릉 울음소리도
떠올랐는데 어디까지가 내 기억인지 모르겠다. 병원을 향하는
버스에 앉아 최종 단계의 편집본을 확인해봤다. 영상은 햇빛에
휩싸여 형체를 알아볼 수 없는 두 사람의 얼굴로 시작된다.

그곳으로 이곳이

그리고 두 사람이 이마 위로 손차양을 드리울 때, 손등 위로 미끄러지듯 얇게 퍼져 나가는 빛의 층위를 이어 스며드는 Lav의 속삭거림. 그들은 하얀 병실로 들어오는 너.

phone with large dials, dying
slowly of rhinitis medication

어스름 얇게 스민 타일 바닥 레인코트
스킨헤드 눈앞으로 지나가는 버스 지나가고
나서 버스가 지나가는 기억, 재활원의
1인실에서 나가유미는 버스 계단 오르는
나가유미를 따라 단정한 통로 얼굴이
굴절된 승객들 사이 빈자리에 앉으면
창밖으로 연보랏빛 나뭇잎, 피투성이
새들의 몸 버스 기사 뒤통수에 집중하면서
머리카락 검은색만을 바라보면서 문이
열리고 내리거나 올라타는 승객들을 흘기지
않으면서 곡선 쌓인 머리칼을 정전처럼
부드러운 눈 감음의 종말점으로 두면
나타나기 시작하는 편의점 불빛들 가로등
하나 둘 약국 간판 커다랗게 횡단보도 슈트
차림 회사원 무리 고개 저어보며 육교 각도
선명히 번져오는 파친코 네온사인 반사하며
아름답게 각진 택시 표면이 비춘 제복 입은
기사는 흐린 구름 꼭대기로 가로수들의
암녹색 신호등 안내 방송 전파 탑과 봇짐 인
할머니 잃은 채 입체를 잠에 빠진 것처럼
창밖에서 가타카나 가라오케 얼굴 적시며
매끄럽게 이어지는 고급 맨션의 복도
난간의 직선 채도의 비명 없음의 어두운
공터 야구장 철망의 재활원의 1인실에서
나가유미는 사라져가는 나가유미 따라
조명 고장 난 아케이드를 지나가고 밝고

약속은 없었지만
약속 시간에 늦을
것 같은 기분이
들었고.

친구들은 모두
사라져버렸죠.
1995년, 계절은
모르겠고,

어둡고 하이라이스 피자 세리자와 세가센터
핀사로 호객꾼들에게 웃음 버려진 전단지들
발자국 밝고 어둡고 다른 이들이듯 깜빡이며
소거됐다 나타나고 사라지는 사람들의 냄새
속으로 옷 먼지 새빨갛게 소방차 한 대가
놓여 있는 구경 하고 사람들이 고개 들어
밝고 어둡고 건축되고 전멸하는 상가 3층
창가에서 출렁이는 커튼이 평면을 넘나들며
직사각형의 해변으로 밤과 낮의 여름을
교차하면서 바닷가를 웅성거리는 사람들은
엿보며 파도를 옆으로 두고서 제자리에 양
무릎 벌려 앉거나 주머니에 손 넣고 서 있으며
꼬리 흔드는 강아지 바깥 주름 서서히 색으로
물들어 해변을 시야로 머금은 사람들 대화의
자리로 바람 냄새 낮은 밤의 해안가 폭죽
불꽃이 식어가는 호텔 유리 어둠을 기억으로
잊는 듯이 사람들의 열대야 속에서 찾을
수 없이 그려지다 멈춘 도면 위의 기다란
손가락들처럼 복잡하게 바닷가 서성이고
맨살의 낯을 잃어버리면서 파랑의 깊이로
잠겨가는데 핏빛 표정 사이렌 소리 3층 창가
불타는 커튼, 골목에서 아케이드 바깥으로
나가음미는 안장 녹슨 자전거가 넘어져 있는
길에서 올려다본 불 꺼진 주택 가옥들이
안전하여 내려다보여지는 시선 속에서
나가음미에게 유명해지고 주위로 모여든

스바루 스포츠카
안에서 어느
연인이 속삭이길

"욕실 벽은 무슨
색이면 좋겠어?"
"상관없는데."
"파란색으로
칠하면 파도
소리처럼
들릴지도."
"그래?"
"그냥 입 닥쳐."

잘 씻은 아이들이
스케이트보드를
들고 달려 나왔고,

밤공기의 결이 몸을 감춰주듯 쓰레기봉투
쌓인 구석에서 흘러오는 지린내 몇 줄기처럼
무인칭의 나가유미가 재활원 1인실의
나가유미를 돌아보면 복도, 문틈의 바닥으로
빛에 물려 어지러운 그늘. 나가유미는 담배
자판기 옆 나가유미는 이세탄 백화점 뒤,
나가유미가 본 피투성이 새들의 몸 연보랏빛
나뭇잎 사이 회전 그네 앉아 있는 나가유미
고공으로 디아도라 스니커즈 아래 얼굴
분해되어가는 사람들 두꺼운 바람 현기증
슬며시 방향의 반대편에서 돌아오지 않는
이목구비 옆자리의 누군가와 손을 잡고서
비명이 그려내듯 사후적인 중력 속에서
손깍지는 손가락 사이로 들어섰다 나선
여러 오전처럼 충만해질 새 없이 잃어가는
감각만을 찾아가며 네 갈래의 손가락 사이의
장소들 초점 사라진 채 우연을 근거로
바라보곤 하였던. 손깍지만 남겨지고 공중은
구조로 늘어나 긴 색 스민 도형들이 짧은
나선에 맞대어 각을 각도를 달리 횡으로
면 낳으며 무수해지게 순환하는 문양으로
수려해져 성체행렬의 심상처럼 차오르고
펼쳐지고 뻗어가고 날카로워지다 끝내
사라져버리려는 낌새로 끝이 날 듯 뒤집히며
유사 연쇄 가득해 기형적으로 아름다운
허공의 세포를 무늬로 유영하는 색채 속에

과거에 두고
온 사람들을
생각나게 했죠.

그들을 모른
체하면서, 제가
기어 온 자리에서
빛나고 있는 또
다른 이들이
부러웠고

잔상으로 번져 오른 구형 조직들이 신경
줄기를 이루어 소리의 형체인 양 연결되고
회전하며 변형되는 자국들 손깍지에서
공중을 잃은 채 디아도라 매버릭 스니커즈
아래 바람 나무 노이즈 카나리아, 유리
바닥으로 내려다보이는 식물원 옥상에서
수두룩 머리부터 떨어져내리는 사람들의
소음 이마와 정수리가 터져 나가면서 바람
나무 카나리아 두 손바닥으로 한쪽씩 두
눈을 가리고서 꽃잎 비틀리는 소리 시야
밖으로 정전된 식물원으로부터 알 것 같은
얼굴들 토막 나서 다가올 때 시신의 형체로
마중되어지는 바람 나무 카나리아 녹색 핏줄
손목 바라보는 나가유미 금원에서 식물원을
등진 채 밟은 풀 발을 떼고서 밟힌 풀에게서
살의 어린 별빛들 금원의 넓은 공기를
불어내듯 연못가의 잉어 떼 유려한 산책로
옆으로 손전등 빛 정교하게 숨 쉬어 얼굴이
산화되어버리는 기대 품어봐도 경비원은
홀로 일본식 정원을 지나가고 경비원이 남긴
일본식 정원에 경비원으로 서 있는 나가유미
손전등 끈 채 떼 벌레 소리 깨지는 별빛들
항성 간의 오류처럼 주소지 신주쿠 빌딩 몇
채가 띄엄띄엄 보이는 금원 안에서 전철이
지나가는 느낌으로 몸이 진동하고 물기 맺힌
풀잎 속삭임 손전등 켜면 달아나는 목소리

고가교를 내려올
때, 날개가 세
개인 까마귀를
보았지요.

그믐날 조지
사쿠라기 씨가
세븐일레븐 앞
주차장에서
곰한테
살해당했어요.

벗나무 밑에서 병적인 가지의 내부로 섬광
받아 창백한 껍질의 벗나무 가지 궤적들을
살피면서 들킨 듯 새하얗게 질려 비명 잊은
표정으로 자라나 있는 벗나무의 굴곡은
수치심의 방향 흐리게 연분홍 커다랗고
처음부터 갑자기인 체 완결된 잎의 시늉
회색 빌딩 몇 채 같은 주소지를 정찰할수록
별빛 어려운 개방형 맨션 복도의 난간에
두 손을 얹고서 내려다본 금원 주위 불빛
활발히 빌딩 내부에서 도로 위로 뒷모습 없는.
밝기의 전생처럼 도시를 난간에 얹어둔 두
손 밤의 출발지에서 폐원한 금원보다 어두워
복도로부터 가까이 닿아가며 이지러져가는
온기의 높이로 흘러가버리듯 옥상들 펼쳐진
채 각진 얼굴들에게 올려다보이는 표정
속으로 도로 구간의 광선 같은 가벼움
JR 간판 아래 에스컬레이터 포함해 서핑
사운드 클럽 골목 마스크 쓴 연인 항공 점퍼
향수 냄새 짧은 터널 스쳐가며 기도의 보폭
사이 칵테일 네온 회전 초밥 다다미 6조
주점 3층짜리 비틀거리는 골든가 창가마다
나무색 불빛들 생일 케이크 노랫말 초 꺼지면
보이지 않는 웃음소리 어색한 영어 발음으로
주저앉은 사람 몇 노키아 깨진 액정 지하 모텔
비밀 계단에서 훌쩍거리거나 주삿바늘을
찾으면서 전화벨 아무도 받지 않는 바닥에

저는 21세기가
되고 나서야
퐁피두센터에
들러 '쇼난의
장미 해변'
연작을 살펴볼 수
있었습니다.

전시실 소파에
아이들이 모여
앉아 닌텐도
게임을 하고
있었고

훌쩍이고 있는
저에게
고맙게도 꼬마
아이가 다가와
말해주더군요.

앉아 침대에 등 기댄 채 엉킨 속옷 물소리
욕조에 누워 눈 감은 누군가 토요타 크라운
경찰차 시경 제복 차림으로 지나가고 나서의
거리까지를 벗겨져 나온 육체처럼 재활원
1인실에서, 하얀 시트 침대 모서리 둥근 액자
비어 있는 냄새 어렴풋이 문틈으로 드레싱
카트 바퀴 소리 물려 그늘이 창문 아래 식물의
태로 이어지는 복도 마감 하얀 벽 보풀 실내화
보라색 컵 약봉지 목발 기대어 현악4중주
목제 계단 카펫 깔끔히 거실 흔들의자 체스
말판 정수기 납작한 종이컵 세탁물 바구니
줄무늬 환자복 쌓인 채 진공청소기 소리
실내 공중전화기 옆에서 로비로 목발 짚은
간호조무사 귓등의 볼펜 초록색 뚜껑은 아침
방송 텔레비전으로 졸고 있는 경비원 4중주
스피커 통해 유리 회전문 밖 눈 쌓인 그네
마당에 놓이듯 발자국들 가벼이 눈 흘리는
식물 사이로 깊이를 얼어가면서.

"저는 게임에서
보는 해변이
실재보다 더
좋아요."

워크룸 한국 문학
입장들

우리가 당면하게 된 이름들.

정영문
이상우, warp
배수아
정지돈
한유주

계속됩니다.

입장들　　　　　　이상우
　　　　　　　　　warp

발행.　　　　　　　초판 1쇄 발행.
워크룸 프레스　　　2017년 10월 31일
편집.
김뉘연　　　　　　ISBN 978-89-94207-88-9 04810
제작.　　　　　　　978-89-94207-87-2 (세트)
스크린 그래픽　　　12,000원

워크룸 프레스
출판 등록. 2007년 2월 9일 (제300-2007-31호)
03043 서울시 종로구 자하문로16길 4, 2층
전화. 02-6013-3246 / 팩스. 02-725-3248
메일. workroom@wkrm.kr
workroompress.kr / workroom.kr

이 도서의 국립중앙도서관 출판시도서목록(CIP)은
서지정보유통 지원시스템 홈페이지(seoji.nl.go.kr)와
국가자료공동목록시스템(nl.go.kr/kolisnet)에서 이용하실
수 있습니다. CIP제어번호: CIP2017025239

이상우
소설집 『프리즘』(문학동네, 2015)을 썼다.